Couvertures supérieure et inférieure
en couleur

BIBLIOTHÈQUE
DES ÉCOLES ET DES FAMILLES

A. THEURIET

Les Enchantements
DE LA FORÊT

PARIS
LIBRAIRIE HACHETTE ET Cᶦᵉ
79, BOULEVARD SAINT-GERMAIN, 79

LES

ENCHANTEMENTS
DE LA FORÊT

BIBLIOTHÈQUE DES ÉCOLES ET DES FAMILLES

ANDRÉ THEURIET

LES
ENCHANTEMENTS
DE LA FORÊT

OUVRAGE ILLUSTRÉ DE *GRAVURES*

TREIZIÈME ÉDITION

PARIS

LIBRAIRIE HACHETTE ET Cᵉ

79, BOULEVARD SAINT-GERMAIN, 79

1911

LA PRINCESSE VERTE

A MA FILLEULE GRITA

En ce temps-là je n'avais pas encore tout à fait huit ans. Je passais une bonne partie de mes journées chez mes grands parents Pâquin, qui occupaient un petit appartement dans la maison d'un chapelier du nom de Bonnétée. La maison était située dans une des rues commerçantes de Juvigny, à côté de la salle de spectacle. Le chapelier occupait tout le rez-de-chaussée. Je vois encore, comme si c'était hier, les deux corps de logis séparés par une étroite cour où fleurissaient des balsamines et des capucines, l'escalier blanchi à la chaux, la galerie à pilastres de bois qui y faisait suite et conduisait à l'appartement de mes grands parents, situé au premier étage. De cette galerie, à l'époque où la troupe ambulante donnait ses représentations, j'entendais parfois, de l'autre côté d'un gros mur mitoyen, les accords d'un violon et les voix chantantes des acteurs qui répétaient des vaudevilles; — et je me forgeais toute sorte d'idées étranges au sujet de ce théâtre des grandes personnes, où les marionnettes que j'avais vues à la foire étaient remplacées par des acteurs en chair et en os.

Le logis de mes grands parents Pâquin était la simplicité même. On entrait tout de go dans la cuisine passablement enfumée, et de là dans une salle à manger très claire, dont les fenêtres donnaient sur la rue. Cette seconde pièce était tapissée d'un papier gris à personnages, représentant des épisodes de la retraite de Russie : — grognards bivouaquant autour d'un feu où cuisait la soupe, grenadiers chargeant à la baïonnette des Russes au schako recourbé en pointe, longues files de cava-

liers à manteau traversant une rivière glacée. — Rien qu'à
regarder les murs, j'en avais pour des heures de silencieux
amusement. Mais ma grand'mère n'aimait pas les enfants « mu-
sards »; elle m'arrachait à ces paresseuses contemplations en
m'invitant d'un ton bref à venir auprès d'elle lire à voix haute
une page de mon livre de lecture, dont elle suivait les lignes
avec une aiguille à tricoter. Je n'allais pas encore à l'école et
mon aïeule était chargée de m'inculquer les premiers élé-
ments de lecture et d'écriture.

Elle n'avait pas l'humeur commode, ma grand'mère, et
quand j'étais distrait, l'aiguille à tricoter quittait les lignes
du livre pour me cingler lestement les doigts. C'était une petite
femme sèche au teint bilieux, avec un nez camard, et des yeux
bleus renfoncés qui dardaient un regard sévère à travers des
lunettes à branches d'acier. Excellente ménagère, très active,
très propre, elle avait l'esprit méthodique et positif et n'admettait pas les fantaisies, pas plus celles de mon grand-père
que les miennes. N'importe, malgré ses façons un peu revêches, je passais de bonnes matinées dans la petite salle, en attendant l'heure du dîner, qui avait lieu invariablement à la
cloche de midi. En hiver surtout, c'était un plaisir de bague-
nauder dans cette pièce si intime, près du poêle de faïence qui
ronflait doucement, tandis que deux canaris, du haut de leur
cage accrochée au mur, n'en finissaient pas de gazouiller. Dans
le four du poêle, il y avait toujours quelque bon petit plat qui
mijotait; tout en feuilletant un almanach à images, je respirais
voluptueusement le fumet qui s'échappait de la porte du four
et je cherchais à deviner d'après l'odeur, quelle était la surprise culinaire réservée pour le repas de midi.

Tout à coup le bruit d'une canne frappant le parquet résonnait au fond de la galerie avec l'accompagnement d'une voix
de basse, chantant faux, mais sur un ton très joyeux : — Brum!
brum! brum! — C'était le grand-père qui rentrait de sa promenade matinale. Il ouvrait vivement la porte et apparaissait

enveloppé dans son ample manteau marron à agrafe de métal et à collet de fourrure. Avec lui entrait une bouffée de jeunesse et de bonne humeur. Il avait alors près de soixante-huit ans, mais il était resté gaillard et alerte comme à trente. Grand, sec, droit comme un I et haut sur jambes, il avait encore tous ses cheveux d'un blanc d'argent, et toutes ses dents saines, solides, bien rangées ; avec cela, l'oreille rouge, le teint fleuri, les yeux gris et rieurs bridés dans des paupières ridées, un long nez un peu gobour, de grosses lèvres rosées, à l'expression gourmande et bienveillante. Il répandait autour de lui une atmosphère de bonté et d'honnête jovialité. Son cœur était ouvert à tout venant comme sa bourse ; c'était tout l'opposé de ma grand'mère, qui se montrait très serrée et fort regardante. Ajoutez à cela une franchise et une rondeur militaires ; — il avait été lieutenant de dragons sous le premier empire, puis sous-inspecteur des forêts à la restauration, — et vous aurez le portrait de mon grand-père Pâquin.

Quelquefois, les jours de marché, quand le temps était beau et que le grand-père était rentré de bonne heure, il me criait de la cuisine, sans quitter sa houppelande : — Allons, drôle, viens faire un tour de ville ! — Il ne me le disait pas deux fois ; j'empoignais ma casquette et mes moufles, et nous nous en allions gaîment tous deux jusqu'à la place de la mairie, où les maraîchers étalaient en plein air leurs *charpagnes* pleines de légumes, et où des paysannes, assises les pieds sur leur *couvet* de cuivre jaune, détaillaient des pains de beurre et des pots de crème fraîche. Toutes ces denrées exhalaient une savoureuse odeur de village et d'étable qui me faisait plaisir à respirer. En chemin, nous nous arrêtions aux devantures des charcutiers et des marchands de comestibles. Mon grand-père, qui était un tantinet sur sa bouche, étudiait du regard les bonnes choses exposées à l'étalage : les champignons, les crépinettes truffées, les galantines enveloppées d'un manchon de gelée transparente, les andouillettes appétissantes et dodues. Ses na-

rines se dilataient et ses lèvres gourmandes devenaient humides.
Parfois, quand la tentation était trop forte, il me poussait dans la
boutique et nous jetions notre dévolu sur un friand morceau
que le grand-père payait sans marchander. Seulement, redou-
tant le courroux de ma grand'mère et se défiant de ma langue
d'enfant terrible, avant de remonter chez nous, il me faisait la
leçon au sujet des questions insidieuses qu'on ne manquerait
pas de nous poser, car la maman Pâquin n'entendait pas raison sur le chapitre des *extras*. Une fois rentrés et la table servie,
mon grand-père, tout en chantonnant, déballait le plat de sup-
plément et le déposait d'un air distrait sur une assiette.

— Qu'est-ce que c'est? grommelait ma grand'mère en fron-
çant les sourcils, encore une gourmandise !

— Une occasion, répondait-il timidement, j'ai eu cela
presque pour rien.

— Pour rien ! pour rien !.. combien?

— Vingt sous.

— Ça, vingt sous?... menteur !

— Demandez plutôt à ce drôle.

Et le drôle était soumis à un interrogatoire en règle, qui
tournait toujours à la confusion des coupables. Alors éclataient
des gronderies et des récriminations qui se prolongeaient pendant tout le dîner et qui servaient d'expiation à notre gourmandise. Après le dessert, frugalement composé de poires
tapées et de cerises séchées au four, mon grand-père, allumant
sa pipe, allait lire les *feuilles* au Casino; moi, je restais en
tête-à-tête avec ma grand'mère et une page blanche que je devais couvrir de *bâtons*. C'était la portion la moins amusante de
la journée. Heureusement ma grand'mère aimait le jeu; — on
n'est pas parfait. — Vers deux heures arrivaient deux ou trois
vieilles dames, ses contemporaines, et on organisait un loto. Je
profitais de l'attention avec laquelle ces enragées joueuses sur-
veillaient leurs cartons et poussaient des jetons de verre sur les
numéros; je me faufilais adroitement sur la galerie par une

EN CHEMIN, NOUS NOUS ARRÊTIONS AUX DEVANTURES DES CHARCUTIERS.

porte entre-bâillée, et de là, en trois sauts, je gagnais la boutique de mon ami le chapelier.

J'aimais cette boutique, bien qu'à première vue elle ne parût pas offrir grand attrait à un enfant. Dans les vitrines à coulisses qui garnissaient les murs on ne voyait, de la plinthe aux corniches, que des spécimens de toutes les coiffures d'homme alors en usage : chapeaux de soie enveloppés dans une coiffe de papier bleu, chapeaux de paille, feutres gris, casquettes. La clientèle de Bonnétée étant surtout composée de gens de la campagne, ces dernières dominaient. Il y en avait de toutes formes et de toutes couleurs : casquettes plates, curvilignes, à côtes de melon, ornées de ganses et de passe-poils, fourrées de loutre ou de vulgaire lapin. Au milieu, dans la boiserie, une glace en deux morceaux reflétait de longues rangées de couvre-chefs. A gauche de la porte, régnait le comptoir où s'asseyaient la demoiselle de boutique et Lise, la fille aînée, cousant des coiffes et piquant des visières. A droite, derrière une muraille de chapeaux étagés sur un châssis à claire-voie, se dissimulaient le laboratoire où le père Bonnétée donnait ses coups de fer et le bureau où il tenait ses écritures. C'était justement dans ce recoin que gisait pour moi le charme de la boutique, car, derrière le bureau, il y avait un placard vitré plein de livres dont on me laissait la libre disposition. Tout le *Cabinet des Fées* reposait pêle-mêle avec la *Bibliothèque bleue* dans cette modeste vitrine; je n'avais qu'à puiser.

Perché sur un haut tabouret de paille, les coudes sur le pupitre, le front dans les mains, je dévorais l'un après l'autre ces affriolants volumes recouverts d'un papier à marbrures bleues et rouges. Pendant ce temps les clients entraient et sortaient; le père Bonnétée essayait des casquettes sur d'étroits fronts d'enfants ou sur des têtes embroussaillées de paysans. Le bonhomme s'agitait comme un possédé pour placer sa marchandise à un prix avantageux; les clients marchandaient sou à sou la coiffure convoitée. Il y avait des discussions orageuses à propos d'une casquette ou d'un bonnet fourré. Des dialogues passionnés s'établissaient sur le pas de la porte :

— C'est votre dernier mot, monsieur Bonnétée ?

— Je vous jure sur l'honneur que j'y perds.

— Eh bien, coupons la différence en deux.

— Nenni, je n'en rabattrai pas un liard !

— Au revoir donc, à une autre fois, quand vous serez plus raisonnable.

— Jamais !

Les clients détalaient lentement. Le père Bonnétée s'accrochant d'une main au chambranle de la porte, penchait sa tête pointue et les suivait de l'œil, puis, quand ils étaient déjà au tournant du *Café de la Comédie*, il les rappelait, en leur criant d'un ton désolé :

— Allons, prenez-la, c'est donné !...

Tous ces marchandages comiques, entendus machinalement à travers mes lectures, ne me troublaient guère. J'étais à cent lieues de la boutique du chapelier ; je voyageais dans le royaume de la féerie. Je vivais en compagnie de *Gracieuse* et de *Percinet*, de la *Belle Mélusine* et de *Riquet à la houppe*. Je m'enfonçais avec Aladin dans ces vergers mystérieux où chaque fleur était un diamant et chaque fruit, une émeraude ou une topaze. Je maudissais la méchante *Truitonne* et je soupirais avec *Florine* :

> Oiseau bleu, couleur du temps,
> Vole à moi promptement !

Et de fait, du haut des rayons poudreux, l'*Oiseau bleu* descendait pour moi, ailes déployées, et nous nous envolions ensemble vers un pays enchanté. Les jardins plantés de fleurs qui chantent, les oiseaux doués de la parole ; les fées jeteuses de sorts qui changent un homme en arbre et une citrouille en carrosse ; les géants qui gardent des fontaines merveilleuses ; les princesses exilées qui mènent paître des dindons, et les fils de

roi qui arrivent de la chasse, juste à point pour les epouser ;
c'était mon monde à moi, le seul beau et le seul vrai à mon
sens. Avec cette bonne foi et ce respect du livre imprimé qui
caractérisent l'enfant et le paysan, je croyais que tout ce que je
lisais était arrivé. Je connaissais par cœur les moindres volumes
de la vitrine, je vivais familièrement avec les personnages de
Perrault et de la comtesse d'Aulnoy. Ils avaient pris dans mon
imagination une telle intensité de vie que j'en étais comme hal-
luciné, et j'aurais rencontré au détour d'une rue la fée Réséda
ou la marraine de Cendrillon que la chose m'eût semblé des
plus naturelles. J'avais la mémoire pleine de leurs propos et
de leurs gestes ; je voyais devant mes yeux reluire les robes
couleur de lune et couleur de soleil de Peau d'âne.

Un jour, comme je levais le nez de dessus mon livre, je vis
tout à coup à travers le châssis un chatoiement d'étoffes éblouis-
santes sur le chêne ciré du comptoir. Il y en avait de jaunes
d'or, de vert-pomme, de lilas et de mordorées. Au milieu de
l'obscur magasin c'était comme une fête de couleurs. Lise et
la demoiselle de boutique maniaient doucement ces étoffes
soyeuses et les faisaient miroiter à la lumière ; puis elles en
garnissaient des chaperons, des toques et des bonnets pointus,
agrémentés de plumes et de dorloteries. Quel client princier
avait pu commander ces mirifiques coiffures au père Bonnétée ?
Est-ce que les gens du pays des fées, sachant le goût du chapelier pour leur histoire, lui avaient soudain donné leur pratique ?
Je me décidai à descendre de mon tabouret et à questionner les
demoiselles du comptoir, qui m'expliquèrent la raison de ce
luxueux étalage de taffetas et de paillon.

Une troupe ambulante jouant la pantomime venait de débar-
quer à Javigny. Elle devait donner au théâtre sa première
représentation le dimanche suivant, et le directeur avait com-
mandé au chapelier le plus voisin une série de coiffures destinées aux figurants. Or savez-vous quelle était cette attrayante
pièce de début ? Rien que le titre me remua des pieds à la tête,

quand je lus le jour même, imprimé en lettres grandes comme la main, sur l'affiche rouge collée au mur du théâtre : « *La Belle au bois dormant*, ballet-féerie en sept tableaux, avec changements à vue et costumes entièrement neufs. » — Dans l'après-midi, tandis que j'errais sur notre galerie, collant mon oreille au mur mitoyen, je distinguai les sons d'une lointaine musique aérienne, toute différente des flons-flons de vaudevilles que j'avais entendus jusqu'alors, et cela acheva de me mettre martel en tête. Le lendemain matin, je manœuvrai de façon à sortir avec mon grand-père, je l'entraînai devant l'affiche rouge, et je n'eus de repos qu'après lui avoir arraché la promesse de m'emmener au spectacle du dimanche.

Le plus difficile fut de faire ratifier cette promesse par ma grand'mère. Outre son horreur pour les dépenses de luxe, sa sévérité lui suggérait de nombreuses objections : — on ne devait pas donner sitôt aux enfants le goût des plaisirs; c'était malsain de veiller; cela me ferait travailler l'imagination, etc. — Il fallut batailler fort et ferme. Nous l'emportâmes cependant, et on décida qu'après le spectacle je reviendrais coucher chez mes grands parents. — Comme vous le pensez, la journée du dimanche me parut d'une longueur démesurée; enfin le soir arriva, mon grand-père agrafa son manteau et nous partîmes pour le théâtre.

La petite salle modestement tapissée d'un papier vert d'eau, avec ses deux galeries et son étroit parterre, me parut magnifique. J'écarquillais les yeux pour admirer le lustre qui descendait lentement du haut des frises et dont les lampistes allumaient un à un les quinquets fumeux. Je regardais les deux uniques loges, à l'avant-scène : celle du maire et celle du préfet; — les bancs de l'orchestre où de vieux amateurs accordaient leurs instruments; — et surtout le grand rideau rouge masquant la scène et d'où, de temps à autre, par deux trous pratiqués à hauteur d'appui, des doigts mystérieux s'agitaient curieusement. — La salle s'emplit peu à peu et devint tumul-

tueuse; le chef d'orchestre attaqua l'ouverture. Mon cœur battait violemment. Trois coups résonnèrent sur le théâtre et le
rideau se leva.

Je ne vous dirai pas mon éblouissement et mes transports à
la vue des seigneurs et des pages en costumes chatoyants qui
peuplaient la scène. Aux sons d'une musique douce, en sour-
dine, les fées arrivaient sur des chars vaporeux. Elles descendaient d'un nuage, aigrette au front, baguette en main, pirouet-
taient et faisaient chacune un don à la jeune princesse. Des
cuivres éclataient en accords menaçants : la vieille fée qu'on
avait oubliée apparaissait et prédisait en branlant sa tête rechi-
gnée que la princesse mourrait en se perçant la main d'un
fuseau. Au tintement d'un timbre invisible, le décor changeait
et l'on était transporté dans le galetas d'une fileuse, où la prédiction de la méchante fée devait s'accomplir.

J'avais le cou tendu vers la scène. Tout ce qui s'y passait
constituait pour moi la réalité; le reste n'existait plus ou ne
me semblait qu'un accessoire désagréable. Les entr'actes
m'étaient insupportables et je ne commençais à vivre que lorsque le rideau se relevait. Mon enivrement fut au paroxysme
quand l'enchantement de la fée Azur commença, et qu'une fois
la princesse évanouie sur son lit à colonnes, toute la cour fut
soudain engourdie. — Les pages accoudés aux portes, les
suisses appuyés sur leur hallebarde, les files de marmitons
apportant des plats; — tout ce monde, sur un coup de baguette, se figea dans le sommeil. Puis le silence se fit sur le
palais endormi, les arbres grandirent tout autour, le lierre
s'étendit sur les fenêtres, jusqu'au moment où le fils du roi
arriva, beau comme le jour, resplendissant dans son costume
de velours pailleté d'acier. Il traversa lentement la scène
assoupie, s'agenouilla au chevet de la belle princesse qui se
réveilla et sourit; et immédiatement les pages s'étirèrent, les
hallebardiers firent résonner leurs piques, les marmitons repri-
rent leur course affairée: les dames commencèrent à marcher.

2

à se congratuler et à danser des sarabandes. Un ballet suc-
céda à la pantomime, avec des trémoussements, des jetés-battus,
des frissonnements de jupes de gaz tournoyantes... Le rideau
était tombé, et je ne bougeais pas, espérant qu'il se relèverait
encore sur un nouveau tableau. Il fallut que mon grand-père
m'arrachât de dessus ma banquette et m'entraînât dehors. Au
logis, nous trouvâmes ma grand'mère, qui nous attendait en
tricotant et en bougonnant. Tout échauffé encore, je voulais
lui raconter les merveilles de la réprésentation, mais elle ne
m'en laissa pas le temps. En un tour de main, je fus déshabillé
et couché dans le lit de la *chambre d'amis*. Je m'assoupis difficilement; il me semblait toujours être en pleine féerie. A un
certain moment, je me réveillai en sursaut, j'entendis le tintement grave d'un timbre et j'ouvris les yeux dans l'obscurité,
croyant assister à un nouveau changement de décor... Mais ce
n'était que la sonnerie de la pendule d'albâtre, et je me ren-
dormis du profond sommeil des enfants.

II

Bien qu'il eût pris sa retraite, mon grand-père avait conservé ses goûts et ses habitudes de forestier. L'existence casanière du domicile conjugal et même les plaisirs du cercle ne lui allaient pas longtemps; pendant l'étroite réclusion des jours d'hiver, il souffrait visiblement de la nostalgie des arbres. Il fallait toujours à ses poumons l'air et l'odeur des forêts où il avait vécu pendant les années de sa verte maturité. Aussi, dès son installation à Juvigny, s'était-il empressé d'acheter sur le haut plateau de Véel un taillis d'environ trois arpents où, de mars à novembre, il passait le meilleur de ses journées, et où je l'accompagnais, le jeudi, quand ma grand'mère voulait bien me donner *campos*.

Après mes longues stations dans la chapellerie en compagnie des contes de fées, ces excursions au bois du Juré faisaient mes délices. Dès la fin de février, quand j'entendais les merles siffler et que je voyais jaunir les chatons du noisetier de notre jardin, je ne manquais pas chaque matin de demander : « Grand-père, le beau temps est-il revenu, et irons-nous bientôt au bois? » Mais lui, aspirant l'air humide et regardant la terre détrempée par le dernier dégel, répondait en hochant la tête : « Attendons un peu, il fait encore trop mauvais marcher. »

Enfin un soir, après avoir interrogé le baromètre et regardé le couchant, il me criait: — Il fera beau temps demain, drôle; lève-toi de bonne heure, nous irons au bois.

Le lendemain, à huit heures, j'étais prêt. Le grand-père fourrait dans son vaste carnier de cuir son tabac, sa serpette,

le pain et le jambonneau du déjeuner; il boutonnait autour de
ses longues jambes des houseaux de toile bleue, passait sa blouse,
coiffait sa casquette de cuir et nous partions.

Laissant derrière nous le faubourg de Véel tout résonnant
du bruit sec des métiers de tisserands, nous montions une
côte resserrée entre deux talus de vignes; au bout d'une demi-
heure, nous arrivions à la plaine, où les alouettes chantaient
déjà et d'où l'on voyait fuir la lisière violette des taillis.

Notre bois était le quatrième à gauche. Un pommier sauvage
en marquait l'entrée. Au milieu se dressait une baraque en
planches où il y avait une cheminée, un trou servant de cave,
une citerne, et où l'on pouvait faire la cuisine au besoin. Entre
deux rangs de cerisiers, un petit parterre planté de troênes et
de roses paysannes égayait l'accès de la maisonnette, puis à
droite et à gauche s'étendait le taillis, percé de sentiers sinueux,
où, en automne, on tendait aux petits oiseaux. C'était là le
royaume de grand-père et le mien.

Sitôt la porte de la baraque ouverte, nous allumions un feu
de branches sèches; le grand père, tout en fumant, écussonnait
des églantiers, taillait des pieux ou élaguait les branches qui
obstruaient les *sentes*, et moi, la bride sur le cou, je prenais
ma course à travers le taillis, qui me paraissait immense.

Presque toujours seul pendant ces longues et claires journées printanières, je liais connaissance avec les arbres et les
fleurs du bois. Tout le monde forestier se révélait à moi brin
à brin, j'y faisais à chaque visite des découvertes qui me trans-
portaient de joie. Tantôt c'était un chaton de saule à l'odeur
mielleuse, aux étamines de poudre d'or; tantôt une anémone
blanche qui fleurait l'amande, ou les premiers boutons roses
du joli-bois s'épanouissant sur la tige encore veuve de feuilles.
A l'âge où j'étais, tout est surprise et enchantement : le nid
d'un oiseau ou d'une guêpe, la chrysalide d'un papillon, les ex-
croissances d'une feuille de chêne, la semence qui sort de la
terre, le fruit qui se noue sous la fleur, les fils d'araignée qui

flottent dans l'air. L'enfant qui arrive au milieu de la nature,
et qui ouvre pour la première fois tout grands ses yeux et ses
oreilles au spectacle de la vie extérieure, l'enfant a les sur-

NOUS ARRIVAMES A LA PLAINE.

prises, les soudaines frayeurs, les splendides éblouissements de
l'homme primitif. Mes sens s'épanouissaient dans cette existence en plein bois. Je voulais toucher à tout et goûter de tout

Pareil à un cabri sauvage, je broutais à même les jeunes pousses, essayant mes dents et mon palais à toutes sortes d'aliments forestiers! Mûres des friches, senelles des haies, baies juteuses et sucrées de la bourdaine, tiges de la douce-amère, fraises et framboises des bois, alises, faînes et noisettes, j'avais une insatiable curiosité gourmande, et je l'expiai cruellement une fois où, trompé par l'apparence appétissante de la sève de l'euphorbe commune, je me brûlai la langue en suçant les tiges laiteuses. La tête pleine de mes histoires de fées et d'enchanteurs, je peuplais le bois d'êtres imaginaires. Grisé par la solitude, j'évoquais tout haut les fées dont j'avais lu les aventures. Souvent assis au bord d'une petite mare, entourée de joncs et de menthes, ombragée de noisetiers et d'érables, j'attendais avec confiance le moment où une fée viendrait y puiser de l'eau, espérant que, charmée de ma bonne grâce et de ma politesse, elle me ferait quelque don merveilleux, comme par exemple de ne point ouvrir la bouche sans en voir sortir une fleur ou une pierre précieuse. Je la suppliais mentalement d'accourir et d'exaucer ma prière; parfois même je m'imaginais que le don m'était déjà octroyé, et je parlais tout haut pour voir si mes lèvres n'allaient pas laisser tomber quelques joyaux... Mais rien! — Dépité de cette attente trompée, je frappais du pied la terre, en maugréant tout bas : — Bête de fée! — Puis, saisi d'une subite terreur à la pensée que la fée ainsi injuriée était capable de me punir d'une façon exemplaire, je m'enfuyais épouvanté de mon irrévérencieuse audace.

A la lisière du taillis, il y avait un grand champ de blé, puis une sorte de friche envahie par les fougères et les ronces qui ondulaient, vertes et blondes, sous le ciel; tout au loin, à une distance qui me semblait infranchissable, le terrain se relevait et les bois recommençaient. Mon grand-père appelait cette lointaine forêt moutonnante « le grand bois » et rien que le nom faisait germer dans ma tête un monde de suppositions mystérieuses. J'avais fini par imaginer que ce « grand bois », devait

être le véritable séjour des fées et des princesses enchantées
qui dédaignaient de venir dans notre taillis trop modeste. Pendant de longues après-midi, je regardais avec des yeux pleins
de convoitise et d'anxiété cette masse boisée et brumeuse où
des arbres de haute futaie s'élevaient de distance en distance
comme des nuages verdoyants. Le soir surtout, quand les ombres grandissaient au soleil couchant, quand les vapeurs s'éle-

PARFOIS UN BERGER ENVELOPPÉ DANS SA LIMOUSINE.

vaient, je me sentais pris d'un vague et tourmentant désir de
franchir les blés et les friches et d'aller chercher aventure dans
cet inconnu.

Le vent murmurait faiblement dans les chaumes; des ramiers à l'aile mélodieuse traversaient lentement le ciel marbré
de nuages roses, les geais se remisaient dans le taillis en se
chamaillant; parfois un berger, enveloppé dans sa limousine,
apparaissait dans l'espace découvert, poussant lentement devant lui ses moutons serrés les uns contre les autres. Et le

rêvais à la fabuleuse princesse qui devait habiter sans doute
quelque palais enchanté dans le plus profond de cette forêt
ténébreuse. A force d'y rêver, j'en étais arrivé à me persuader
que la princesse existait réellement. Mes yeux, constamment
fixés sur le même point de l'horizon, finissaient par avoir des
visions qui tenaient du mirage. Je croyais, comme dans le conte
de *la Belle au bois dormant*, apercevoir au-dessus des cimes
des arbres, les vagues formes des tourelles pointues et les toits
aigus d'un château fantastique. J'avais même rétabli toute
l'histoire merveilleuse de ma princesse inconnue. Elle s'appelait la *Princesse Verte*. On l'avait ainsi nommée parce qu'elle
était vêtue d'une tunique de soie verte et qu'elle avait dans ses
cheveux blonds un diadème d'émeraudes. Un enchanteur, en-
nemi de sa famille, l'avait enlevée à son père et à sa mère, le roi
et la reine du Kurdistan, et l'avait enfermée au fond des bois,
dans ce château dont l'accès était défendu par des dragons et
des salamandres.

A partir de ce moment, tout ce qui m'arrivait de bon et de
mauvais, je le rapportais à la Princesse Verte. Quand ma grand'-
mère m'avait fortement semoncé à l'occasion d'une leçon mal
sue ou d'une page d'écriture « sagouinée », je rêvais de me
sauver du logis, de courir à la recherche de la princesse et de
la délivrer de son enchantement. Mon plan était fait. Je parti-
rais de grand matin et je serais certainement guidé vers la forêt
par quelque geai ou quelque corbeau de bon conseil, avec lequel j'aurais lié amitié en route, comme le *Prince Avenant*.
Grâce à cet oiseau charitable, j'arriverais sain et sauf jusqu'au
château de l'enchanteur. J'endormirais les dragons en leur jetant quelques gâteaux de mon dessert de la veille, que j'aurais
eu soin d'emporter dans mon mouchoir, et je me glisserais ensuite jusqu'à la salle d'honneur, où je trouverais la petite Princesse Verte occupée à peigner ses cheveux blonds avec un peigne
d'or.

En attendant la mise à exécution de ce beau projet, je me

livrais à des extravagances préparatoires qui avaient le don
d'exaspérer l'humeur déjà passablement revêche de ma grand'-
mère. Une des choses qui m'avaient le plus frappé dans la représentation de *la Belle au bois dormant*, c'était la façon toute
naturelle avec laquelle les génies descendaient des frises et y
remontaient en agitant leurs ailes arrondies. J'étais assez éloigné
de la scène pour ne pas distinguer les fils de fer qui servaient
à l'exécution de ce truc, et je ne pouvais m'empêcher d'admirer
la légèreté aisée avec laquelle les personnages prenaient tranquillement leur essor. Cela tenait-il à la forme des ailes ou à
quelque magie particulière? Depuis cette fameuse soirée, je
passais des heures à *apprendre à voler* : j'avais découpé dans
deux feuilles de gros papier des ailes pareilles à celles des papillons, je les avais épinglées à mon dos, et, armé de cet appen-
dice, je m'exerçais à m'élancer dans le vide du haut des trois
premières marches de notre escalier. Quand il s'agissait de descendre, cela allait assez bien, mais pour remonter c'était une
autre affaire. J'avais beau me trémousser et prendre mon élan,
les lois de la pesanteur me faisaient lourdement retomber sur
le sol. Les voisins qui m'examinaient à la dérobée ne compre-
naient rien à cet amusement bizarre; ils haussaient les épaules
et n'étaient pas éloignés de me croire un peu timbré. Ce qui
achevait de leur donner des doutes sur la solidité de mon cerveau, c'est que je parlais tout seul et tout haut. Il n'était pas
rare de m'entendre crier d'une voix de tête :

> Oiseau bleu, couleur du temps,
> Vole à moi promptement!

Ou bien, après avoir bataillé dans la cour contre un vieux
banc qui n'en pouvait mais, j'allais tout essoufflé ouvrir la petite porte à claire-voie du bûcher, et, mettant bas ma casquette, je m'écriais poliment : — Ne craignez plus rien, belle
princesse, j'ai tué le dragon, et vous êtes libre!...

Je venais de lire chez le chapelier *la Belle aux cheveux d'or*,

et j'en avais appris des passages par cœur. Un seul point
m'embarrassait : l'auteur avait omis de dire en quel pays se
trouvait le château de cette dame. Peut-être ne faisait-elle
qu'une seule et même personne avec ma Princesse Verte. Cela
m'inquiétait fort, car elles avaient certains traits de ressem-
blance, et j'aurais volontiers donné les confitures de mon goûter pour être renseigné sur ce détail important. Une après-
midi, tandis que ma grand'mère me faisait réciter une page
de la géographie de l'abbé Gaultier, je l'interrompis brusquement au milieu d'une des phrases du questionnaire : « Quelle
est la ville, située sur le cours d'un grand fleuve, qui possède
une cathédrale, etc. ?

— Bonne maman, demandai-je, quel était le pays de la *Belle
aux cheveux d'or?*

Ma grand'mère ébaubie agita son aiguille à tricoter, et me
regardant sévèrement à travers ses lunettes :

— Soyez plus appliqué à votre leçon, monsieur, et ne me
coupez point la parole pour me conter des âneries.

— Mais, bonne maman, ce ne sont pas des âneries, puisque
c'est arrivé.

— Qu'est-ce qui est arrivé?

— L'histoire du *Prince Avenant* et de la *Belle aux cheveux
d'or.*

— Des contes à dormir debout !

— Je vous assure, bonne maman, qu'ils ne font pas dormir...
Seulement, on a oublié de dire dans le livre où était le château
de la princesse, et j'ai pensé que peut-être je le trouverais dans
ma géographie.

— La géographie ne s'occupe point de pareilles menteries.

— Mais puisque c'est dans un livre, dans le même livre qui
parle de l'*Oiseau bleu* et de la fée *Soussio.*

— Balivernes, monsieur; il n'y a point de fées.

— Cela vous plaît à dire, bonne maman, répliquai-je en la

regardant de l'air de quelqu'un qui ne veut pas être pris pour dupe.

— J'en ai menti, alors! s'écria sèchement la maman Pâquin. En avez-vous jamais vu des fées, vous, monsieur le drôle?

— Certainement.

— Et où cela? reprit-elle en ricanant.

— Mais l'autre soir, au spectacle... De jolies fées en robes d'or et d'argent, assises sur des chars traînés par des oiseaux... Je les ai vues comme je vous vois.

— En vérité!

Ma grand'mère avait fermé le livre, elle me regardait d'un air méfiant et renfrogné, et à part moi je me demandais si elle-même n'était pas une fée, et des plus maussades.

Les vieilles gens qui croient imposer une sage terreur aux enfants rien que par leur mine rébarbative se font de grossières illusions; ils ne s'imaginent pas avec quelle irrévérence leur propre personnalité est analysée, disséquée et jugée par ces petites cervelles impitoyables.

Mon aïeule avait repris son tricot et m'avait tourné le dos. Le soir, quand mon père vint me chercher, elle lui dit :

— On élève cet enfant comme un païen; à huit ans, quand il devrait déjà savoir son catéchisme, sa tête n'est farcie que de contes de nourrice... Il est grand temps de lui apprendre des choses raisonnables, et vous devriez le conduire à l'école des sœurs de la Doctrine.

III

Le soir même, il fut décidé en famille que le moment était
venu de songer sérieusement à mon instruction et que j'irais en
classe chez les sœurs, le lundi suivant. — Cette perspective ne
me souriait guère. L'école des sœurs de la Doctrine chrétienne
ne me disait rien qui vaille, et la vue seule du costume de ces
religieuses me causait une insurmontable répulsion. Avec leur
cornette noire et blanche relevée en pointe sur le front, leur
pectoral de linge empesé retombant carrément sur le corsage
comme un énorme rabat, leur jupe noire où cliquetait un chapelet, ces sœurs me faisaient l'effet des corneilles et des pies
que je rencontrais dans la plaine de Véel.

Malgré mes répugnances, le lundi, après le dîner de midi,
ma grand'mère, ayant déposé au fond de mon panier deux tartines de confitures, confia à mon grand-père le soin de me conduire chez les sœurs, dont la maison était située rue du Bourg.
J'allais lentement, inventant je ne sais quels prétextes pour retar-
der le moment de l'entrée à l'école. Tout à coup, au détour de la
rue, j'aperçus sur le seuil d'une porte le costume noir et blanc.

— Voici la sœur qui nous attend, murmura mon grand-père.

La peur me prit ; d'un mouvement brusque, je lâchai la main
du père Pâquin, et prenant mes jambes à mon cou, j'allai me
réfugier dans la remise d'un commissionnaire de roulage, où je
m'enfouis entre deux ballots. On eut toutes les peines à m'en
tirer ; je me débattais et je pleurais chaudes larmes. La sœur,
qui était venue au-devant de nous, essayait en vain de me calmer
par des caresses, et mon grand-père, ému de mon désespoir,

avait bonne envie de me ramener à la maison; mais il craignit probablement le courroux de ma grand'mère et finit par me déposer entre les mains de la religieuse.

Les sœurs de la Doctrine tenaient une école de filles à laquelle était annexée une classe de bambins de mon âge. Afin de m'apprivoiser, on me laissa d'abord chez la sœur Alexis, qui était fort douce et qui apprenait à lire aux plus petites filles. Ce séjour dans la petite classe, ces blondinettes à figures roses au milieu desquelles j'étais le seul garçon, l'agréable physionomie ouverte de la sœur qui avait une bouche pleine de bonté et deux grands yeux bleus souriants, me firent trouver ce régime beaucoup plus supportable que je ne l'aurais cru. Je commençais à m'y plaire, quand les religieuses, me jugeant sans doute suffisamment habitué à l'école, décidèrent que je passerais dans la classe des garçons, tenue par la sœur Euloge, et alors seulement commença pour moi le désagréable apprentissage de l'existence scolaire.

La classe des garçons était située au rez-de-chaussée, sur la rue, dans une pièce enfumée et peinte en jaune à la détrempe. Le long des murs s'alignaient des bancs de bois, sur lesquels étaient assis, leur livre à la main, une vingtaine de garçons, dont les plus jeunes avaient six ans et les aînés neuf à peine.

A l'extrémité opposée à la fenêtre, au-dessous d'un crucifix orné d'un rameau de buis, se dressaient sur une estrade la table et le pupitre de la sœur Euloge.

Celle-ci était une fille de trente-cinq ans, au teint bis, aux yeux noirs surmontés d'épais sourcils, à la lèvre chagrine, au geste brusque, à la voix masculine et dure.

Sur sa table, à côté d'une pile de livres, il y avait une règle plate et un *signal* en fer qu'elle faisait retentir de temps en temps pour obtenir le silence.

Elle ne perdait pas de vue ses élèves, qui la craignaient comme le feu et ne bronchaient pas. Ces vingt bambins, dont quelques-uns étaient assez mal élevés et mal accoutrés, con-

trastaient trop avec les jolies et tranquilles petites filles blondes
de la sœur Alexis pour que je ne me sentisse pas tout d'abord
mal à mon aise et dépaysé. J'avais le cœur gros et je refonçais
difficilement mes larmes. La sœur me mit dans les mains une
Histoire sainte par demandes et par réponses, et de sa voix
rude m'indiqua un bout de banc où elle m'invita à m'asseoir,
après avoir marqué de l'ongle la page que je devais apprendre
par cœur.

Mon voisin sur ce banc était un garçon de neuf ans à la tête
toute frisée, à la mine joufflue, à l'air remuant et de bonne
humeur, qui se nommait Claude Bigeard. Il me regardait avec
de gros yeux étonnés et curieux; ma toilette soignée lui inspira
sans doute une certaine déférence, car il se serra complaisamment
pour me faire place et m'instruisit en quelques mots de l'heure
à laquelle on récitait les leçons et des précautions à prendre
pour ne pas exciter l'humeur très irritable de la sœur Euloge. Sa
jovialité, son admiration non dissimulée pour ma veste de drap
et mes bottines me gagnèrent incontinent le cœur, et après
quelques jours nous devînmes une paire d'amis. Bigeard était
le fils d'un menuisier du voisinage; il n'avait pas grand goût
pour la lecture, mais il était fort adroit de ses mains et savait
confectionner quantité de jouets très divertissants. Nul mieux
que lui ne s'entendait à métamorphoser un carré de papier en
cocote, en double bateau et finalement en nacelle à deux bancs.
Il avait encore une industrie qui m'émerveillait : avec un canif
et un morceau de bristol, il confectionnait d'élégantes boîtes à
mouches, hermétiquement closes, où il pratiquait adroitement
une petite porte, d'étroites fenêtres, et où pendant les récréa-
tions il enfermait une dizaine de ces insectes, que nous nourris-
sions consciencieusement avec de la mie de pain. En revanche,
moi je lui débitais toutes mes histoires de fées; c'était un audi-
teur excellent, très naïf, très crédule et qui ne se lassait jamais
d'écouter. Avec lui, je lâchais la bride à mon imagination et je
ne restais jamais à court. Je lui ressassais mes contes les plus

merveilleux de génies, d'enchanteurs, d'ogres et de princesses. Il écoutait cela, les yeux écarquillés, se grattant la tête. Parfois mes histoires devenaient tellement fantastiques, que son gros bon sens se rebiffait, et alors il hasardait timidement une objection bien triviale qui m'embarrassait un peu ; mais je ne me laissais pas démonter facilement.

— Je te dis que je l'ai lu dans un livre, répliquais-je, et les livres ne mentent jamais.

C'était surtout ma mystérieuse Princesse Verte qui défrayait nos conversations. A force de lui en parler, j'avais fini moi-même par croire que tout ce que je contais existait réellement.

— Et tu l'as vue, cette princesse? me demandait Rigeard en ouvrant ses gros yeux, tu l'as vue, Jacques?

— Non, répondais-je, pas encore, mais je sais où elle demeure... là-bas, dans le grand bois du Juré, et du haut d'un arbre où je suis monté, j'ai aperçu un soir, comme je te vois, les tours de son château... Un jour j'irai la visiter, et si tu veux, je t'emmènerai.

Au bout d'un mois, nous avions si bien creusé ce sujet, que l'existence de la Princesse Verte ne faisait plus de doute ni pour lui ni pour moi ; c'était le thème de toutes nos conversations chuchotées en catimini dans la classe, au milieu d'un chapitre d'histoire sainte. Ces demi-confidences, dont le charme était encore augmenté par le soin que nous prenions d'échapper à l'œil vigilant de la sœur Euloge, étaient une de mes meilleures distractions, surtout dans les matinées d'hiver. Le poêle ronflait gaiement et jetait une lueur rose sur le crépi jaune du mur. On entendait au dehors le clic-clac des sabots des passants sur le pavé de la rue ; au-dedans, le bourdonnement sourd des élèves répétant leurs leçons à mi-voix. Une odeur de pain brûlé et de pommes roussies se répandait dans la classe et l'emplissait d'une atmosphère somnolente à laquelle la sœur Euloge elle-même avait grand'peine à résister. Et pendant ce temps-là mes histoires allaient leur train.

— Le château, disais-je, est bâti tout en marbre et en agate; au milieu, il y a une salle entièrement revêtue de miroirs, et c'est là que se tient la princesse.

— Oui; mais, objectait prosaïquement Bigeard, si tout est aussi bien que ça chez elle, ce doit être une grande dame, et elle nous fera mettre à la porte quand nous arriverons tout crottés et mal habillés.

— Non, tu ne comprends pas... Elle est enchantée, et quand j'aurai tué les dragons qui la gardent, elle sera trop heureuse de nous prouver sa reconnaissance en nous invitant à dîner.

— Qu'est-ce que c'est que des dragons?

— De grandes bêtes vertes qui jettent du feu par les narines.

— Et avec quoi les tueras-tu? Tu n'as seulement pas un couteau!

— J'ai un talisman, et je les endormirai...

Patatra!... nous étions réveillés en pleine féerie par un bruit significatif. C'était la règle plate de la sœur Euloge, tombant avec fracas à nos pieds. En pareil cas, il fallait rapporter la règle à la sœur, qui vous en déchargerait un bon coup sur la paume de la main. Nous regardions avec terreur, Bigeard et moi, la fatale règle tombée entre nous deux, et lui, me poussant du coude, murmurait :

— C'est pour toi, vas-y!

— Non, vas-y, toi!

— Venez tous les deux! s'écriait la sœur; voilà un quart d'heure que vous me faites bouillir le sang avec vos bavardages... Monsieur Jacques, rapportez la règle!

Et il fallait la rapporter! Piteux et penauds, Bigeard et moi nous nous acheminions lentement vers la table de la sœur Euloge, et je remettais d'un air contrit à la terrible fille l'instrument de notre supplice. Elle ne se laissait pas fléchir par nos mines repentantes, et à tour de rôle nous tendions la main pour recevoir un coup bien appliqué. Bigeard faisait des façons. il avançait sa main, puis la retirait, et finalement attrapait le taillant de la règle sur le bout des doigts : ce qui lui faisait pousser des cris de chouette. Moi, plus stoïque, je présentais ma main ouverte sans barguigner, et je recevais silencieusement la férule. J'étouffais mon envie de crier, je renfonçais mes larmes, mais en mon par-dedans je vouais la féroce sœur Euloge à toutes les vengeances des enchanteurs et des fées de ma connaissance.

Un supplice qui me semblait bien autrement cruel que le plat de la règle d'acajou, c'était l'obligation d'apprendre des pages entières de l'histoire sainte. Au sortir de mes contes de fées, les récits des aventures du peuple d'Israël me paraissaient froids et terre à terre. A mon sens, Joseph vendu par ses frères ne valait pas *Cendrillon*. Les raisins de la terre promise me paraissaient moins merveilleux que les fleurs de diamant des fameux vergers d'Aladin. Le combat de David avec Goliath me charmait moins que la lutte rusée du Petit-Poucet avec l'Ogre, et je n'avais qu'une médiocre estime pour les miracles opérés par Moïse dans le désert. Les fées en faisaient bien d'autres! Je ne cachais pas mon peu d'enthousiasme pour ces histoires sacrées, et la sœur Euloge se vengeait de mes airs irrespectueux, en doublant la longueur des morceaux qu'elle me condamnait à apprendre. Un matin que j'avais exprimé tout haut mon dédain pour les tours que David jouait à Saül, et que Bigeard, comme un écho, avait cru devoir manifester la même opinion, elle nous donna comme pensum deux pages de l'histoire d'Absalon. Il fallait les savoir pour onze heures, sinon nous devions rester à l'école après les autres. Onze heures allaient sonner, et je n'avais pas encore pu me mettre dans la tête deux lignes de ce texte ennuyeux. La sœur nous appela près de sa table et ordonna à Bigeard de commencer. Il récita les dix premières lignes tout d'une haleine, puis s'arrêta essoufflé, bouche béante, et il fut impossible de lui soutirer un mot de plus.

— A vous, monsieur Jacques, dit la sœur; qu'advint-il d'Absalon?

Ce qu'il advint d'Absalon, je l'ai su depuis, et je vous jure que son supplice n'était rien auprès de celui que je souffrais en contemplant la figure menaçante de mon interrogatrice. J'entendais onze heures sonner à toutes les horloges; les autres élèves rassemblaient leurs cahiers et leurs livres et quittaient bruyamment la classe; je me disais que mon grand-père m'attendait pour me faire faire le tour de la foire, qui était ce jour-là dans tout son éclat, et, nouvel Absalon, je restais mentalement accroché au livre que la sœur Euloge agitait nerveusement dans ses doigts, en me répétant d'un ton comminatoire :

— Qu'advint-il d'Absalon ?

Je finis par répondre effrontément : — Je n'en sais rien, chère sœur.

— Ah ! vous n'en savez rien, reprit la sœur, en fermant le livre; eh bien, vous resterez ici avec votre ami Bigeard jusqu'à ce que vous le sachiez... Et si vous ne le savez pas pour midi, vous dînerez par cœur, monsieur !

Là-dessus elle se leva, défripa sa jupe et sortit de la classe après nous y avoir enfermés à double tour. Nous nous regardions, Bigeard et moi, d'un air complètement décontenancé. Mon compagnon de captivité lança avec fureur son histoire sainte au plafond, j'en fis autant, et nous nous mîmes à trépigner rageusement sur nos malheureux bouquins. Quand le premier moment de colère fut passé, l'industrieux Bigeard alla examiner la serrure, et voyant qu'elle ne cédait pas, il revint vers moi et me dit d'un ton convaincu :

— Si tu appelais à notre secours un de ces enchanteurs qui n'ont qu'à souffler sur une porte pour l'ouvrir?... Ce serait le moment, toi qui es bien avec eux !

Oui, c'était le cas ou jamais d'appeler la féerie à notre aide, mais je n'étais pas bien sûr que la féerie répondît à mon appel. Pourtant, voulant conserver mon prestige aux yeux de Bigeard, je répondis avec aplomb :

— Les enchanteurs que je connais sont occupés à dîner, et ils ne se dérangent jamais à l'heure des repas.

— Ils mangent, eux, soupira Bigeard; ils ont de la chance!... Nous, nous dînerons par cœur.

Hélas! et pour surcroît d'ennui, il faisait un beau soleil de juin; nous entendions les exclamations joyeuses des enfants qui jouaient dans la rue, et je songeais avec tristesse aux pains d'épice de la foire. Mon grand-père m'en aurait certainement acheté un aux amandes.

— Maudite porte! m'écriai-je en essayant une poussée contre les battants.

— Il y a la fenêtre, insinua diaboliquement Bigeard; elle n'est pas bien haute.

— Je n'oserai jamais.

— Bah! j'en ai escaladé bien d'autres; en deux sauts nous serons dans la rue; tu vas voir...

Il monta sur un banc, fit jouer l'espagnolette et sauta dans l'embrasure :

— Viens donc, murmura-t-il, il n'y a rien de plus aisé, et personne ne nous voit.

L'occasion était trop belle, je le suivis, et nous nous élançâmes sur le pavé. Une seconde après, nous tirions chacun de notre côté, et j'allais rejoindre mon grand-père sur le champ de foire.

En me promenant dans les allées des boutiques, j'oubliai vite Absalon et la sœur Euloge, mais quand, à midi, je fus assis à table entre mes grands parents, l'idée de rentrer à l'école se présenta à mes yeux sous des couleurs terriblement noires. Je regardais la pendule avec effroi et je trouvais que les aiguilles couraient avec un train d'enfer vers une heure.

— Qu'a donc ce drôle? disait mon grand-père; il ne mange pas.

— Je crois que j'ai un peu mal à la tête, répondis-je hypocritement.

— Bah! ce sont des giries, s'écria ma grand'mère; dépêchez-vous, monsieur, voilà l'heure de l'école... On vous mettra votre dessert dans votre sac et vous le mangerez là-bas.

J'eus beau essayer de gagner du temps en cherchant mes livres, il fallut se décider à partir. Je regardais tristement les personnages de la tapisserie, je les enviais de pouvoir rester là en compagnie des canaris et de ne pas être obligés de faire connaissance avec la sœur Euloge. Une heure sonnait à la ville, que j'étais encore dans la galerie. Enfin, je pris tristement le chemin de l'école et j'entrai dans la classe quand tout le monde était déjà debout, le long des bancs, et en train de dire la prière. Je cherchai des yeux mon complice Bigeard; le traître n'était pas là.

— Ah! vous voici, monsieur Jacques, fit la sœur Euloge, une fois la prière terminée; veuillez avoir l'obligeance de me dire comment vous êtes sorti de la classe malgré ma défense?

— Par la fenêtre, chère sœur.

— Vraiment, vous n'êtes pas honteux! Et comment avez-vous osé passer par la fenêtre comme un voleur?

— J'ai fait comme Bigeard, ma sœur.

— Et si Bigeard vous avait dit de vous jeter à l'eau, vous l'auriez fait aussi, n'est-ce pas?... Eh bien, je l'ai mis à la porte, allez le retrouver!

Et la sœur, me prenant par le bras, me mit honteusement dans le couloir.

Ce couloir, large, humide et noir, n'était éclairé que par le jour venant d'une cour intérieure. Dès que mes yeux se furent habitués à l'obscurité, je cherchai d'abord si Bigeard n'était pas là; mais le corridor était désert, les sœurs étaient dans leurs classes, on n'entendait dans toute la maison que le bourdonnement sourd des leçons qu'on répétait. Où avait bien pu se nicher Bigeard? Je restai un moment indécis, frottant mes talons l'un contre l'autre, et me demandant ce que j'allais faire. Des gloussements de poules, partant des bâtiments situés de l'autre côté de la cour, me rappelèrent qu'il y avait là-bas une ancienne *foulerie* peu fréquentée et transformée par les sœurs en poulailler. De vieux tonneaux et des caisses vides étaient entassés dans cette sombre remise, et on pouvait, au besoin, s'y cacher de façon à éviter d'être surpris par une ronde de la supérieure. Je m'éloignai donc sur la pointe des pieds, je traversai rapidement la cour ensoleillée et j'arrivai sain et sauf dans la foulerie.

Les poules gloussaient toujours bruyamment; en me tournant du côté du poulailler, je distinguai Bigeard qui furetait dans l'intérieur du *caget* et qui agaçait les malheureuses volatiles avec un brin de fagot.

— Finis donc, murmurai-je, tu vas faire venir la supérieure !

Il referma brusquement la petite porte et me regarda en rajustant la ceinture de sa blouse.

— Aïe ! dit-il, c'est toi, Jacques! tu m'as fait peur.

Les poules ne geignaient plus que faiblement et tout redevenait silencieux.

— Est-ce qu'on t'a renvoyé aussi? continua Bigeard.

Je répondis affirmativement, et nous nous regardâmes d'un air mélancolique.

— Nous voilà dans de beaux draps, reprit Bigeard, en grattant sa tête frisée; les sœurs vont prévenir nos parents... Moi, je sais ce qui m'attend chez nous. J'aurai une *danse*; aussi je ne suis pas pressé de rentrer.

De mon côté, je ne songeais pas sans angoisse à la façon dont je serais reçu dans ma famille. J'entendais d'avance les cris de ma grand'mère, sans compter que mon père n'était pas plus endurant que celui de Bigeard. — Qu'allons-nous devenir? murmurai-je; nous ne pouvons pas rester ici jusqu'à quatre heures... D'ailleurs ça n'est pas amusant !

— Nous pourrions ouvrir la porte de la foulerie, et aller nous promener sur le champ de foire, insinua Bigeard.

— Non, répliquai-je en hochant la tête, nous n'aurions qu'à rencontrer quelqu'un de chez nous.

— En ce cas, allons au bois.

— Au bois! — Une idée lumineuse et triomphante venait de pousser dans mon cerveau. — Écoute, dis-je à Bigeard d'un air inspiré en lui prenant le bras, tu n'as pas peur?

— Non, mais je veux m'en aller d'ici.

— Eh bien, partons!... Montons au bois du Juré, et là, si tu n'es pas capon, nous irons tout droit jusqu'au château de la Princesse Verte. Les jours sont longs, et il n'est pas deux heures; avant que le soleil soit couché, nous serons arrivés dans le château. Là, je me charge d'entrer, et, une fois dedans, nous n'avons plus rien à craindre. La princesse nous donnera ses trésors, nous serons aussi riches que des rois, et nos parents seront trop heureux que nous revenions partager nos richesses avec eux. Quant aux sœurs, elles n'auront qu'à filer doux, et nous nous moquerons joliment de leurs punitions... Ça y est-il?

Bigeard hésitait encore. — Es-tu sûr que la princesse nous ouvre la porte?

— Très sûr; d'ailleurs j'ai mon talisman.

— Montre voir!

Je fouillai dans ma poche, et j'en tirai un caillou blanc veiné de rose, que j'avais trouvé dans le pupitre de mon grand-père et auquel j'attribuais des vertus merveilleuses. La vue de cette jolie pierre veinée parut décider Bigeard. Mon air convaincu et mon enthousiasme triomphèrent de ses derniers doutes.

— Soit, filons! dit-il à mi-voix.

Nous soulevâmes doucement, doucement, la *clanche* de la porte de la foulerie et nous nous trouvâmes dans la rue pleine de soleil.

— Maintenant, m'écriai-je, de l'air de Fernand Cortez partant pour Mexico, suis-moi et allons délivrer la Princesse Verte!

IV

Il faisait une des plus chaudes journées de la fin de juin. Tandis que nous montions la côte pierreuse et peu abritée de la Chalaide, nous recevions, Bigeard et moi, un soleil torride tombant presque droit d'un ciel sans nuages. A droite et à gauche, les versants caillouteux des vignes nous renvoyaient la chaleur; nous entendions de toutes parts ce bruissement rhythmé des sauterelles, qui semble la vibration de l'air chaud et tremblotant; de temps à autre, par-dessus nos têtes mouillées de sueur, nous voyions quelques-uns de ces insectes passer, déployant leurs ailes rouges ou bleues, qui tranchaient sur le vert intense des vignes. Mais nous nous moquions de la chaleur; heureux d'être débarrassés de la sœur Euloge et de vagabonder en plein air, nous nous amusions de tout, cueillant des seneçons jaunes le long des talus, courant après les papillons bleus qui tourbillonnaient au bord des fossés, nous livrant en un mot à toutes les voluptés de l'école buissonnière.

Au tournant de la côte, les notes aigrelettes et sautillantes d'un flageolet arrivèrent jusqu'à nous.

— Ça ne peut être que Césarin, dit Bigeard en hâtant le pas, je reconnais son flageolet... Nous allons nous amuser!

En effet, au bout d'une vingtaine de pas, nous vîmes devant nous le personnage en question.

Ce Césarin était un gros garçon de trente ans environ, portefaix à ses heures et vagabond les trois quarts du temps. Il jouissait à Juvigny d'une grande popularité, due à sa bonne humeur, à son indépendance d'allures et à sa vie excentrique. Bien que

les bourgeois le tinssent pour un propre à rien et un gueux,
on lui passait de nombreuses peccadilles à cause de son caractère inoffensif et de son entrain. Son principal défaut était
d'aimer plus que de raison le vin gris du cru. Dès qu'il avait
gagné une pièce de trente sous à rentrer du bois ou à porter les
colis du roulage, il plantait là sa besogne pour courir les bou-
chons du faubourg et lézarder au soleil; alors c'étaient de fran-
ches lippées et des flûteries sans fin. Il avait la langue bien pendue et disait aux gens leurs vérités avec cette franchise expansive que donne une demi-ébriété; les rues retentissaient de ses
larges éclats de rire et des fioritures de son flageolet. Puis,
quand il avait dépensé son dernier sou, il devenait morose, muet
comme un poisson, et s'en allait faire un somme sous un arbre
ou sous un auvent. Dès le lendemain, il se remettait énergiquement au travail, besognant comme un cheval, jusqu'à ce qu'il
eût ramassé de quoi recommencer à gueuser au soleil.

Il s'était arrêté au milieu de la côte et continuait de flûter.
Comme mes parents ne me laissaient pas courir les rues, je ne
l'avais jamais vu de si près et je le contemplais curieusement.
C'était un gars solide, bien musclé, aux robustes épaules, à la
figure rubiconde, avec de gros yeux bleus à fleur de tête et de
grosses lèvres sensuelles que cachait à demi une barbe blonde.
Ses cheveux emmêlés sortaient par mèches épaisses de sa casquette sans visière; sa blouse déchirée montrait une chemise
plus misérable encore, et ses pieds nus passaient à travers les
crevasses de ses souliers ferrés. Bigeard bondissait autour de
lui en criant :

— Césarin, oh! Césarin, joue-nous un air !

Quittant son flageolet et essuyant du revers de sa manche ses
lèvres humides, il nous répondit avec un large sourire :

— De quoi? Eh bien, oui, c'est le Césarin...

Il nous expliqua qu'il allait dans les friches de Véel cueillir
de l'armoise pour M. Péchoin, le pharmacien d'Entre-Deux-
Ponts.

— C'est moi qui lui pile ses herbes, poursuivit-il, mais aujourd'hui il faisait un tel chaud que je ne pouvais plus avaler ma salive, et j'ai bu un litre chez la mère Surloppe, avant de monter la côte... Ça ne fait de mal à personne et ça fait du bien à Césarin. — Puis, tout d'un coup agitant son flageolet et se redressant en face de nous, il s'écria d'une voix de Stentor :

— Par le flanc gauche, en avant ! marche !

Et replaçant le flageolet sur ses lèvres, il se mit à jouer *la Parisienne*, marquant la mesure de la tête et des bras, tandis que nous emboîtions le pas derrière lui.

Nous allâmes ainsi jusqu'au sommet de la côte, lui toujours jouant, nous le suivant docilement au pas militaire. Quand nous fûmes dans les friches, près d'un bouquet de saules, il s'arrêta essoufflé et cramoisi. — Halte ! commanda-t-il. — Sa large face s'épanouit et il ajouta : — Faut bien rire ! — Puis il s'étendit sur le gazon et nous en fîmes autant. Nous étions abrités par les saules et fort aises de nous divertir en si joviale compagnie. Césarin arracha une feuille à un lierre qui rampait à portée de sa main, et, fier de notre admiration, plaçant la feuille entre ses lèvres, il en tira des sons mélodieux qui nous plongèrent dans le ravissement. Il imitait successivement le loriot, l'alouette et le rossignol. Nous ne bougions plus, et je n'étais pas éloigné de croire Césarin un peu sorcier. Pendant que nous l'écoutions, il s'était levé de nouveau et se dirigeait, toujours rossignolant, vers une rangée de cerisiers dont on distinguait les fruits mûrs et rougissants parmi les branches.

Il suspendit sa musique, guigna les cerises : — Ce sont des bigarreaux, dit-il en faisant claquer sa langue. — Il tourna la tête à droite et à gauche, nous lança une œillade significative en posant un doigt sur sa bouche, puis il embrassa l'un des cerisiers et, jouant des coudes et des genoux, en un clin d'œil il grimpa jusqu'à la fourche des maîtresses branches.

Une fois en haut, il happa coup sur coup avec ses lèvres une douzaine de cerises juteuses qu'il croquait sans même rejeter les noyaux. Quand son gosier fut suffisamment humecté, il songea enfin à nous, et, cassant des branches vertes toutes panachées de fruits rouges, il nous les jeta, en répétant de sa grosse voix joviale : — A vous, patiots ! faut bien rire !

Il riait en effet, en continuant de se gargariser avec des bigarreaux. Nous l'imitions, picorant avec délices les cerises fermes et fraîches dont les queues faisaient clap ! en se détachant du fruit, et nous criions : — Encore ! encore ! — à Césarin, qui se balançait dans l'arbre, tandis que les branches craquaient sous son poids. Il faut croire qu'il était de la nature des loriots, et que le jus des bigarreaux lui redonnait de la voix, car tout d'un coup il recommença de faire l'alouette et le rossignol, et, comme nous nous tenions cois sous les saules, les oiseaux épars dans la saulaie vinrent, attirés par un charme, voleter autour des cerisiers. Il y en avait de toute espèce : des fauvettes à tête noire, des pinsons aux ailes marquées de brun, des chardonnerets aux plumes ébouriffées, et jusqu'à un gros merle au bec jaune, qui s'arrêta effrontément sur un cerisier voisin.

J'étais émerveillé, et pour moi cette aventure prenait déjà un air de féerie. — Césarin est sorcier, murmurai-je à Bigeard ; si nous l'emmenions avec nous chez la Princesse Verte ?

Mon camarade cligna de l'œil d'une façon ironique : — Oïe ! oïe ! oïe ! Césarin chez une princesse ! Elle nous mettra à la porte, si elle nous voit arriver avec un portefaix en souliers percés.

— Pourtant les cerisiers sont à lui.

— A lui ? Des belles !... ce sont les cerisiers de Minot-Dourche, le marchand de toile.

— Mais alors il n'a pas le droit de monter à l'arbre et de manger les cerises ?

— Dame ! ni nous non plus... Nous sommes en maraude ; si le garde arrivait, nous serions pincés et nous irions coucher aux *pompes*.

Cette révélation de Bigeard me coupa l'appétit. Les *pompes* étaient une sorte de violon où les sapeurs-pompiers remisaient leurs machines et où la police enfermait parfois les vagabonds et les ivrognes. L'idée de coucher là avec cesarin me faisait froid dans le dos. Je n'osais plus toucher aux cerises; je sondais avec inquiétude la grise étendue de la plaine de Véel. Au bout de quelques minutes, je distinguai un point noir qui émergeait d'un pli de terrain et qui grossissait à vue d'œil.

— Bigeard, chuchotai-je d'une voix tremblante, vois-tu là-bas?

Mon compagnon releva la tête, mit la main en abat-jour sur ses yeux, et dit, la bouche pleine : — Oui, je vois un homme qui vient vers nous.

— C'est peut-être Minot-Dourche... ou le garde?

Tandis que Césarin, sur son cerisier, continuait à se balancer en sifflant à tire-larigot, l'homme devenait de plus en plus distinct; il avançait visiblement dans notre direction. Bigeard me saisit le bras :

— C'est le garde ! reprit-il d'une voix mal assurée, je vois sa plaque qui reluit au soleil... Sauvons-nous !

— Mais Césarin ?

— Tant pis ! c'est son affaire... Sauvons-nous, ou gare les *pompes !*

Il avait déjà décampé; je me décidai à le suivre. Toutefois, ému de compassion pour notre camarade du cerisier, je lui criai de toutes mes forces :

— Césarin, voici le garde !

Et, levant le pied, je rejoignis Bigeard, qui filait comme un dératé à travers la plaine.

Pendant un bon quart d'heure, nous trottâmes droit devant nous. Les champs de blé ou d'avoine, les longs carrés de trèfle incarnat, les jachères enchevêtrées de ronces, les hautes fougères qui nous montaient jusqu'à mi-corps, rien ne nous arrêtait. Enfin, haletants, tout en nage et n'ayant plus de jambes, nous nous rasâmes derrière un buisson pour reprendre haleine. Après m'être épongé le front, je hasardai la tête hors du hallier pour examiner les entours. La saulaie, les cerisiers et le garde avaient disparu; solitude complète. Derrière nous, la plaine ondulait à perte de vue; à gauche, vers l'horizon, un clocher de village s'élançait d'un pli de terrain; non loin tourbillonnait un vol de ramiers. Au-dessus de nos têtes, dans le ciel bleu, des alouettes montaient en gazouillant toujours plus haut, toujours... comme pour se baigner plus longtemps dans la lumière du soleil déclinant. Devant nous, à cent pas, pareilles à une haute muraille verdoyante, s'allongeaient les lisières du grand bois. Nous pouvions distinguer le fossé, envahi par des herbes frissonnantes, qui délimitait la forêt du côté de la plaine. Au delà du talus se dressaient de distance en distance, comme des sentinelles, les fûts blanchâtres des hêtres de bordure; et, entre deux bornes grises marbrées de lierre, une tranchée s'ouvrant presque en face de nous s'enfonçait mystérieusement en pleine futaie.

A la vue de ces vertes profondeurs dont l'ombre fraîche avait quelque chose d'invitant et où les branches inclinées au vent semblaient nous faire signe, je me pensais : « La voilà donc, cette forêt aux enchantements ! » En même temps le cœur me battait bien fort à l'idée d'entrer dans cet inconnu. Le dénouement de l'aventure des cerisiers m'avait rendu plus réfléchi, et je ne songeais pas sans embarras à la façon dont je m'y prendrais pour trouver le château de la princesse. Ce qui me rassurait un peu, c'est que dans mes contes on trouvait toujours à point un oiseau secourable ou une bonne fée qui vous mettait sur le droit chemin et vous donnait soit un anneau magique, soit un œuf enchanté, à l'aide duquel on venait à bout de tous les obstacles. « C'est égal, me disais-je, en supposant que je trouve le palais de la princesse, comment m'y prendrai-je pour tuer les dragons qui en gardent l'entrée? » La vue de Bigeard, qui était en train de se tailler à coups de couteau une

canne dans une copée d'érables, me redonna de l'aplomb, et,
me dressant droit sur mes pieds, je dis à mon camarade :

— Voici la forêt où demeure la Princesse Verte.

— Ah! reprit-il avec un flegme qui me surprit, tant mieux!
ce n'est pas trop tôt.

— Garde soigneusement ton bâton, ajoutai-je; il nous servira
tout à l'heure.

Il remit son couteau dans la poche de son pantalon, brandit
sa canne, et, franchissant en quelques minutes l'espace qui
nous séparait de la lisière, nous entrâmes enfin dans la tranchée. Nous avions à peine fait vingt pas que nous nous arrê-
tâmes de nouveau comme éblouis.

Il y avait de quoi. Jamais rien de plus beau et de plus im-
posant ne s'était encore offert à mes yeux. A droite et à gauche,
de magnifiques arbres formaient une sorte de colonnade le
long de cette verte avenue qui fuyait au loin, se rétrécissant
toujours, et qui semblait ne devoir pas finir. Au milieu, un
gazon fin et dru recouvrait le sol; au bord des talus, de grandes
digitales élançaient leurs tiges sveltes chargées de fleurs pur-
purines et transformaient cette tranchée en une véritable allée
de jardin. Tout au bout, juste dans l'axe du chemin, le soleil
se couchait dans des vapeurs rouges et jetait de longues flam-
bées de rayons obliques sous les ramures de la futaie déjà plus
sombre. Des papillons aux ailes nacrées passaient et repassaient
dans cette lumière, des insectes bourdonnaient au-dessus des
ronces, et parmi les branches on entendait des gazouillements
d'oiseaux, entrecoupés de mélodieux battements d'ailes. —
L'émotion me gagnait, je reprenais confiance, je croyais plus
fermement à mes rêves de féerie et d'enchantements. — Assurément, si la Princesse Verte habitait quelque part, ce devait
être au fond de cette forêt fleurie, là-bas où le soleil poudroyait
dans une buée de pourpre. Les rougeurs qui coloraient l'extrémité de l'avenue devaient être le reflet des toitures d'or
d'un palais enchanté...

— J'ai faim! s'exclama tout à coup le prosaïque Bigeard;
est-ce que c'est encore loin chez ta princesse?

— Je ne crois pas, répondis-je choqué d'une aussi vulgaire
préoccupation. Mais attends... j'ai encore les deux tartines de
mon goûter : nous allons les partager.

Je tirai de mon sac les deux minces tartines de pain rassis
que mon économe grand'mère avait sobrement enduites de
confiture et qui étaient enveloppées dans un lambeau de jour-
nal. Bigeard les lorgnait sournoisement et, en même temps,
il enfonçait d'un air mystérieux ses mains dans les poches de
sa blouse. Au bout d'un instant :

— Moi aussi, murmura-t-il en se dandinant alternativement
sur chacun de ses pieds, moi aussi j'ai quelque chose!...

— Quoi donc?

— Devine! continua-t-il en tirant la langue et en sautant à
cloche-pied.

— Montre vite! m'écriai-je impatienté.

— Deux œufs frais que j'ai chipés dans le poulailler des
chères sœurs... Voilà!

Il se décida à en tirer un de chacune de ses poches et à me
les laisser voir de loin. A l'aspect des œufs blancs et frais
pondus, l'histoire de l'*Oiseau bleu* me revint en mémoire, et je
songeai aux merveilleuses surprises que contenaient les œufs
donnés par une bonne fée à Florine.

— Écoute! criai-je à Bigeard, qui s'apprêtait déjà à en percer un pour le gober... Ces œufs sont peut-être enchantés
comme ceux de Florine. Que dirais-tu si, en les cassant, j'en
faisais sortir un carrosse doré ou un char volant, traîné par
des pigeons qui nous conduiraient sans s'arrêter jusque chez
la princesse?

— Hein? répondit Bigeard, en hochant la tête; vas-tu me
faire accroire qu'on puisse tirer un chariot d'un œuf de poule?

— Certainement, affirmai-je; c'est toujours ainsi que les
choses se passent au pays des fées.

— Les œufs des fées, c'est possible; mais les œufs des chères sœurs, je ne m'y fie pas, et j'aime mieux les avaler.

Afin de le décider, je lui contai tout au long le conte de *l'Oiseau bleu*. Il ne paraissait qu'à demi convaincu; pourtant je finis par le fléchir, et il consentit à me confier un œuf, en rechignant.

— Essaye d'abord sur celui-là, dit-il avec méfiance.

Je déposai mes deux tartines sur une pierre plate, puis ayant frotté la coquille avec mon talisman, je m'écriai :

— Je veux qu'il sorte de cet œuf un carrosse d'acier poli, garni d'or et attelé de six pigeons ramiers !

Bigeard ouvrait de grands yeux. Je cassai gravement la coquille contre une pierre... Hélas ! il ne sortit que du blanc et du jaune liquides, qui engluèrent mes doigts et se répandirent sur les ronces. J'étais un peu penaud de n'avoir pas été mieux servi par les enchanteurs. Quant à Bigeard, il regardait d'un œil furibond les ronces toutes dégouttantes de jaune d'œuf.

— Imbécile ! s'exclama-t-il irrévérencieusement, te voilà bien avancé, et mon œuf est perdu !

— C'est à recommencer, répondis-je dépité; peut-être que l'autre...

— L'autre ?.. vas le prendre un peu voir ! L'autre n'est pas pour ton nez, espèce de Nicodème !

Être appelé Nicodème par ce petit menuisier ! c'était trop fort, et je devins furieux à mon tour.

— Je l'aurai ! m'écriai-je d'un ton rageur.

Et je m'élançai vers Bigeard, qui me reçut avec une bourrade. Je la lui rendis, nous nous prîmes à bras-le-corps, et l'instant d'après nous roulions sur le gazon, tant et si bien que l'œuf, objet du litige, se brisa dans la poche de mon adversaire. Cet incident mit fin au combat. Nous nous relevâmes rouges comme deux coqs, et nous lançant en dessous des regards irrités.

Bigeard ne pouvait me pardonner la perte de ses deux œufs.

— Je ne joue plus ! grogna-t-il d'une voix boudeuse, j'en ai assez, et je m'en retourne chez nous !... Au moins j'aurai à souper.

— Tu auras le fouet aussi ! répliquai-je ironiquement.

Cela le rendit rêveur. Je vis qu'il hésitait, et afin de le reconquérir tout à fait, je lui abandonnai mes tartines. Il n'en fit que deux goulées, puis essuyant sa bouche avec sa main :

— Maintenant, dit-il, il ne s'agit plus de s'amuser en route... Où est le chemin qui mène chez ta princesse?

L'insuccès de l'expérience des œufs avait jeté un peu d'eau glacée sur mon enthousiasme; néanmoins, sous peine de perdre tout prestige aux yeux de Bigeard, il fallait payer d'audace, et étendant ma main avec un geste solennel vers le couchant couleur de rose :

— C'est par là, répondis-je gravement: marchons !

V

Nous marchions, nous marchions, et nous n'avions pas encore atteint le bout de la tranchée; à la place où des rougeurs intenses illuminaient tout à l'heure l'extrémité de l'avenue, il n'y avait plus que des nuages passant du rose tendre au jaune safran, puis au lilas pâle : entre les nuées de plus en plus décolorées, le ciel avait pris des tons vert d'eau, et une première étoile venait d'y briller comme une paillette d'argent. Sous les branches de la futaie, il faisait déjà nuit noire, et dans la tranchée elle-même les objets devenaient plus confus.

— Serons-nous bientôt arrivés? dit Bigeard plaintivement, en traînant les pieds.

— Dans un petit quart d'heure, répondis-je à tout hasard.

J'essayais encore de faire le brave, mais j'étais fort inquiet, et la physionomie sévère que prennent les bois au crépuscule m'emplissait d'une terreur secrète. Par ces longues journées de juin, je m'étais imaginé que la nuit ne viendrait jamais, ou du moins j'espérais que quelque agréable aventure nous surprendrait avant la tombée du jour; mais rien ne se montrait, et je commençais à sentir lourdement le poids de la responsabilité que j'avais assumée en entraînant Bigeard dans le « grand bois ». Ajoutez à cela que je n'étais pas chaussé pour de longues courses, et que mes pieds gonflés me faisaient cruellement souffrir. Je fus tiré de mes préoccupations par une nouvelle exclamation de mon camarade. Je relevai la tête; nous nous trouvions au milieu d'un carrefour en étoile, d'où rayonnaient cinq sentiers s'enfonçant sous la futaie dans des directions opposées.

4

— Quel chemin faut-il prendre? geignait Bigeard d'un ton grognon.

Je regardais ahuri les cinq sentiers pleins d'une ombre mystérieuse et je me sentais fort perplexe. A tout hasard, je lui en désignai un à gauche.

— Je crois, murmurai-je, que c'est celui-ci.

— Comment! tu crois? s'écria-t-il avec humeur; tu n'en es donc pas sûr? Tu ne connais donc pas ta route?

— Si, si, répondis-je tout en frémissant intérieurement; c'est bien ce chemin-là.

Je n'avais pas eu de flair : à mesure que nous marchions, ce maudit sentier devenait plus étroit et plus couvert. La lune n'était pas levée, et la futaie était complètement ténébreuse; nous ne voyions plus à deux pas devant nous. Pour comble de male chance, nous entendîmes tout à coup au loin, dans les profondeurs du bois, un cri lugubre et prolongé. — Chou! hou! hou!... C'était le cri de la hulotte, qui ressemble à la plainte d'un enfant en détresse. Je n'étais jamais venu dans le bois à pareille heure et par conséquent je ne pouvais me rendre compte de cette clameur pleine d'épouvante. Un frisson me courait dans le dos et ma gorge se séchait. Bigeard se serrait contre moi et se cramponnait à mon bras.

— J'ai peur! s'écria-t-il d'une voix larmoyante. Où est le château? où me mènes-tu?... Je veux m'en aller, je veux retourner chez nous!

Chez nous!... Comme il devait faire bon chez nous, et comme dans ce moment j'aurais donné toutes les princesses et toutes les fées pour être assis dans la petite salle à manger de mon grand-père Pâquin, sous la cage des canaris et en compagnie des personnages du papier de tenture! Dans la journée, au milieu des distractions et des émotions qui avaient suivi notre départ de l'école, je n'avais pas trop pensé à la maison. Maintenant le souvenir des calmes soupers qu'on faisait le soir en famille m'empoignait en même temps qu'un cuisant remords de ma damnable conduite. Je me peignais l'inquiétude où ma disparition ne manquerait pas de plonger mes parents; il me semblait entendre ma grand'mère jeter les hauts cris et mon brave grand-père se désoler. Plus je pensais à tout cela, plus je me sentais le cœur gros; fouillant des yeux la futhie ténébreuse et peu sûre, le sol pierreux, les fourrés pleins de frémissements équivoques, je songeais avec un chagrin profond au cabinet vitré où s'étendait, sous des rideaux bleus, mon petit lit bien clos et bien douillet, et tout à coup je me mis à fondre en larmes.

— Nous sommes perdus! dis-je à Bigeard entre deux sanglots, perdus comme le pauvre petit Poucet!

Il est probable que Bigeard était tourmenté des mêmes regrets et des mêmes remords, car il éclata à son tour, et durant un bon moment nous restâmes là, nous tenant par la main et pleurant comme deux veaux.

Pendant ce temps la hulotte continuait à jeter par intervalles sa plainte retentissante, qui nous glaçait jusqu'aux os.

— Ça doit être des loups, pleurnichait Bigeard; s'ils viennent, qu'est-ce que nous ferons? Les loups mangent le monde quand ils ont faim.

— Crois-tu? soupirai-je plus mort que vif; et après un moment de réflexion, j'ajoutai :

— Nous pourrions monter sur un arbre. Sais-tu grimper, toi?

— Oui... quand il fait jour, répondit mon camarade, qui était un enragé dénicheur d'oiseaux.

Le souvenir de mes lectures me revenait encore au milieu de mes frayeurs et l'histoire du petit Poucet me suggéra l'idée d'utiliser le talent de Bigeard, bien que cela me parût terrible de rester seul, tandis qu'il monterait à la cime d'un chêne.

— Eh bien, repris-je, si tu grimpais tout au haut de l'un de ces arbres, peut-être découvrirais-tu quelque lumière, et nous irions du côté où elle luirait demander aux gens de nous laissar passer la nuit dans leur maison... Essaye, continuai-je d'un ton insinuant, mais ne reste pas trop longtemps là-haut!

Le conseil parut sage sans doute à Bigeard, car il se décida à tenter la chose; après avoir tâté plusieurs arbres, il en choisit un dont le tronc n'était pas trop gros et qui semblait suffisamment élevé. Puis il cracha bravement dans ses mains et se mit en devoir de grimper. Blotti dans l'herbe au bord du sentier, j'écarquillais les yeux pour tâcher de le suivre dans son ascension; mais je ne distinguais pas grand'chose, et j'en fus réduit à juger du succès de ses efforts par le frottement de ses talons contre l'écorce rugueuse.

Au bout de deux minutes interminables, la voix de mon compagnon résonna tout en haut d'une cime ténébreuse.

— Jacques! disait-il, je vois une lumière... là-bas... dans le fond!

— Écoute, lui criai-je à mon tour, remarque bien de quel côté elle brille et descends vite... Nous irons de ce côté-là.

Peu après je l'entendis qui dégringolait. Le malheureux descendait plus vite qu'il n'aurait voulu et laissait à l'arbre une bonne partie de son fond de culotte. Quand il fut en bas, je l'interrogeai sur la direction de la lumière, mais il lui fut impossible de s'orienter.

C'est alors que je reconnus la différence notable qui existe entre la poésie et la réalité. Dans le conte de Perrault, le petit Poucet, une fois au bas de l'arbre, retrouvait facilement « la lueur de chandelle » qu'il avait aperçue d'en haut. Dans la pratique, le cas était plus embarrassant. Cependant, comme Bigeard assurait que la lumière devait se trouver à l'extrémité du sentier, nous résolûmes d'aller de ce côté-là, et nous nous remîmes en marche, serrés l'un contre l'autre, butant à chaque minute contre des souches et tressaillant au moindre froissement des feuilles. A force de marcher, nous atteignîmes enfin un endroit où le bois s'éclaircissait, et tout d'un coup, entre des feuillages, je vis la lumière qu'avait aperçue Bigeard du haut de son arbre.

SAIS-TU GRIMPER A UN ARBRE?

En cet endroit, le bois avait été coupé et le regard pouvait s'étendre fort loin sur un terrain légèrement incliné, où restaient debout, très clairsemés, les baliveaux et les *anciens* qui avaient échappé à la cognée. De distance en distance, des rangées de rondins empilés se dressaient comme des murs noirs sur le sol de la coupe, et au delà, à un bon quart de lieue, la lumière flamboyait, envoyant vers nous un vaporeux rayonnement qui mettait puissamment en relief les piles de bois et les arbres épars. Ce n'était pas une maigre clarté comme celle que jette dans la nuit une lampe ou une chandelle vacillante, mais une lueur rougeoyante pareille à celle qui s'échappe de la gueule d'un four. Même, à mesure que nous avancions, il nous semblait que cette lueur se multipliait, et nous pûmes bientôt compter trois ou quatre foyers lumineux autour desquels des formes étranges passaient et repassaient comme des ombres chinoises. En même temps une odeur de fumée âcre se répandait dans l'air.

Nous nous étions arrêtés indécis, et peu rassurés.

— Ce sont peut-être des ogres qui font cuire de la chair fraîche! murmurai-je à Bigeard en lui saisissant le bras.

— Laisse-moi donc tranquille avec tes ogres! répliqua mon camarade impatienté; ça doit être tout bonnement des bûcherons qui font cuire leur souper; j'en ai déjà vu, un soir que j'étais allé avec mon père charger un lot de planches dans une coupe. Écoute!... en voilà un qui chante...

En effet les paroles d'une chanson entonnée d'une voix pleine et traînante arrivèrent jusqu'à nous :

Dessous un blanc rosier il y a-t-une princesse
Blanche comme la neige, belle comme le jour;
Trois jolis capitaines vont lui faire la cour.

Le plus jeune des trois la prit par sa main blanche.
— Montez, montez, princesse, dessus mon cheval gris
Et je vous mènerai dans un fort beau logis...

Je ne sais pas pourquoi, mais cette chanson me rendit confiance. On y parlait d'une princesse, « belle comme le jour », et il me sembla que ce ne pouvait être que ma Princesse Verte.

— Allons-y, dis-je à Bigeard.

Nous nous dirigeâmes vers les feux, et nous tombâmes dans une *vente* de charbonniers ; ils étaient assis non loin de leurs fourneaux, autour d'une marmite où cuisait leur souper.

— Qui va là ? s'écria le chanteur, interrompant sa chanson

— Ne nous faites pas de mal, messieurs, dis-je en m'approchant et en leur ôtant ma casquette ; nous nous sommes perdus dans le bois et nous sommes fatigués ; permettez-nous de nous asseoir auprès de votre feu.

— Tiens, ce sont des gamins de la ville, s'exclama un vieux qui devait être le maître charbonnier ; les ronciers les ont mis dans un bel état !... Allons, asseyez-vous, les moutards, nous ne vous mangerons pas... Vous avez grand'faim, je suis sûr ?

— Oh oui ! soupira Bigeard en s'agenouillant sur un sac vide.

— Les pommes de terre doivent être cuites, reprit le maître. Zacharie, donne-leur-en à chacun une couple, et coupe-leur un morceau de la miche.

Zacharie souleva le couvercle de la marmite fumante, et nous distribua à chacun notre ration avec une croûte de pain. Bigeard dévorait ; moi, bien que je fusse fort affamé, je m'interrompais entre chaque bouchée pour examiner nos hôtes. Leurs longues figures maigres et noircies, leurs yeux brillants sous la poussière du charbon, me causaient une vague inquiétude, et je ne touchais qu'avec méfiance à la nourriture qu'ils nous offraient. La seule boisson était de l'eau fraîche contenue dans un gros broc de terre brune, au goulot duquel chacun appliquait ses lèvres, et quand ce fut mon tour, j'éprouvai une désagréable impression à boire à ce goulot auquel s'étaient mouillées toutes ces bouches noires.

— Allons, petiot, me cria ironiquement Zacharie, ne fais pas de façons... Avale une gorgée de ce vin de grenouilles ;... nous n'avons pas la gale, *mon fi !*

Ces grosses plaisanteries redoublaient encore mon trouble.

— Ah çà ! reprit le maître charbonnier, dites-moi, mes drôles, que faisiez-vous dans le bois à pareille heure ?

— Nous cherchions quelqu'un, répondis-je prudemment.

— Oui, ajouta Bigeard avec une nuance d'incrédulité dans la voix, nous cherchons la Princesse Verte; savez-vous où elle est?

Les charbonniers se regardèrent avec des sourires qui me parurent étranges.

— Vous parliez tout à l'heure d'une princesse dans votre chanson, demandai-je naïvement à celui qui avait chanté; c'est peut-être celle-là; la connaissez-vous?

— Pardi! oui, je la connais, repartit ce dernier en éclatant de rire.

— Ah!.. où demeure-t-elle?

— Dans mon œil, fit-il gravement en portant le doigt à sa paupière.

Je le regardai d'un air effaré, cherchant à comprendre. Il tenait si bien son sérieux que je m'imaginai qu'il devait y avoir là-dessous quelque effrayant mystère, et je n'osai plus souffler mot.

Pendant ce temps le charbonnier nous pressait de questions. Il voulait savoir d'où nous venions et qui nous étions. Bigeard, qui tombait de sommeil, ne répondait plus qu'en bâillant; moi je me tenais sur la réserve.

— Allons, je devine ce que c'est, murmura le maître : ce sont deux gamins qui se sont sauvés de l'école et qui n'osent plus rentrer chez leurs parents, de peur d'avoir le fouet... Nous en recauserons demain au jour... En ce moment, ils ont sommeil, et on n'en peut rien tirer... On va leur préparer un lit avec des sacs et de la bruyère, et ils y dormiront comme des loirs.

En effet, ils étendirent pour nous, sous un hangar, des bottes de bruyère et des sacs à charbon vides, où nous nous couchâmes. Bigeard dormait déjà, et moi je fermais à demi les yeux, guignant les étoiles et bercé par la voix du compagnon charbonnier qui avait repris sa chanson :

C'ÉTAIT UN GRAND DIABLE ÉLANCÉ COMME UNE GAULE.

Au milieu du repas la belle a tombé morte;
Sonnez, sonnez, trompettes, tambours du régiment.
Voilà la belle qu'est morte, j'en ai le cœur dolent

Où faudra l'enterrer, cette aimable princesse?
Au jardin de son père il y a trois fleurs de lis;
Nous prierons Dieu pour elle, qu'elle aille en paradis...

Cette mélancolique chanson, modulée sur un ton de com-
plainte, ne me donnait pas beaucoup de confiance. Pourtant je
finis par m'assoupir. Je ne sais pas au juste combien de temps
je dormis, mais je fus réveillé brusquement par une sensation
de fraîcheur à laquelle je n'étais pas accoutumé. La nuit devait
déjà être avancée, car le dernier quartier de la lune se levait tout
rouge au-dessus des arbres, à l'extrémité de la coupe. Tandis
que j'ouvrais les yeux, sans trop me rendre compte de l'endroit
où je me trouvais, j'entendis un bruit de voix non loin du
hangar, et, à l'obscure lueur lunaire, je distinguai le maître
charbonnier qui causait avec un inconnu, dont la mine étrange
me frappa et me réveilla complètement.

C'était un grand diable élancé comme une gaule et maigre à
l'avenant; il portait en sautoir un de ces longs fusils qu'on
nomme *canardières*; il était vêtu de deux peaux de bique et
coiffé d'un méchant feutre recroquevillé; ses pieds étaient enveloppés dans des feuilles de fougères ficelées avec des brins de
joncs et destinées sans doute à amortir le bruit de ses pas.

Le charbonnier et lui s'entretenaient à mi-voix, mais dans le
silence de la nuit on distinguait parfaitement les paroles qu'ils
échangeaient. Je prêtai l'oreille, et voici ce que j'entendis :

— Où sont-ils? demandait l'homme aux brodequins de fougères.

— Là, sous le hangar, dans la bruyère, répondit le maître.

« Sous le hangar,.. » c'était de nous sans doute qu'il s'agissait, et je redoublai d'attention.

— Bon !.. il faudra les décarcasser cette nuit, de peur des
gardes... as-tu un bon couteau?

— Oui, Zacharie l'a aiguisé hier contre une *pierre morte*,

et il coupe comme un *damas*... Tu emporteras les quatre
membres au village, et nous garderons les bas morceaux pour
faire une fricassée.

Je sentais mes cheveux se hérisser d'horreur. Assurément
ces gens-là étaient des ogres, ainsi que je l'avais craint, et il
n'était question ni plus ni moins que de nous hacher menu
comme chair à pâté.

Je commençais à trembler de tous mes membres, quand le
charbonnier reprit :

— Avant de te mettre à la besogne, viens boire un coup
dans la hutte. Il n'y a rien de tel qu'une lampée d'eau-de-vie de
marc pour donner du nerf...

Je les vis tourner autour des fourneaux et gagner la hutte,
qui était située à l'autre extrémité du chantier.

Dès qu'ils eurent disparu, je secouai Bigeard, qui dormait à
poings fermés, et je le réveillai.

— Hein ! quoi encore ? grogna-t-il en s'étirant... Qu'est-ce
qu'il y a ?

— Parle plus bas, murmurai-je d'une voix étranglée... Il y
a que nous sommes chez des ogres et qu'ils veulent nous
manger.

— Tu es bête avec tes ogres, fit-il pour toute réponse en se
retournant sur la bruyère; laisse-moi dormir !

Mais j'insistai et, pour le convaincre, je lui contai briève-
ment ce que j'avais entendu de la conversation du charbonnier
avec le grand diable à la canardière. Cela finit cependant par
le remuer.

— Ce sont des brigands, dit-il en se dressant sur son séant
et tout d'un coup il se mit à pleurer tout bas.

— Il ne s'agit pas de chigner, repris-je énergiquement, mais
de profiter de ce qu'ils ont le dos tourné. Nous pouvons nous
glisser derrière les piles de rondins et de là gagner la forêt...
Sauvons-nous vite !

Je parvins à le mettre sur ses pieds, je lui pris la main, et tous deux, courbant le dos, nous sortîmes du hangar et nous nous glissâmes dans la grande herbe humide de rosée... Nous marchions quasi à quatre pattes, retenant notre souffle et choisissant de préférence les endrois herbus qui pouvaient amortir le bruit de nos pas. Nous nous piquions les doigts aux ronces et aux pieds de chardons, mais la peur nous empêchait d'être douillets. Nous pûmes enfin atteindre sans encombre une lisière et, une fois sous bois, nous nous redressâmes. Je me retournai. — Au sommet de la coupe, les six fourneaux à charbon découpaient leurs masses noires piquetées de points rouges, et, entre deux grands arbres ébranchés, la lune à demi rongée nous regardait d'un air ironique.

— Ils ne se sont encore aperçus de rien, dis-je à Bigeard. Maintenant prenons nos jambes à notre cou, et filons.

VI

A la fin de juin, les nuits sont courtes. Nous étions sous bois depuis une heure à peine, que l'aube commença de blanchir entre les hautes branches des hêtres et que les oiseaux réveillés se mirent à gazouiller. Nous deux, nous ne disions rien; nous marchions, encore étourdis par la peur et par ce brusque réveil. Je me sentais fort capot, et regardant de côté mon camarade, je devinais à sa mine renfrognée et grognonne qu'il était furieux contre moi. Peu à peu les arbres s'éclaircirent, et nous arrivâmes à une lisière. Là, d'un commun accord, sans desserrer les dents, nous nous laissâmes choir sur la mousse du fossé, et, balançant machinalement nos genoux écartés, nous demeurâmes silencieux, occupés chacun de notre côté à songer à notre triste situation. La mésaventure de la nuit avait singulièrement refroidi mon zèle pour la recherche de la Princesse Verte. D'un autre côté, la perspective d'un retour à Juvigny, après notre escapade de la veille, n'avait rien de bien réjouissant. Je m'imaginais avoir commis, en fuyant la classe de la sœur Euloge et le logis paternel, une de ces fautes impardonnables à la suite desquelles on n'a plus qu'à désespérer de la miséricorde de Dieu et des hommes. S'il n'y avait eu que mon grand-père, je n'aurais pas eu de pareilles hésitations; le brave homme m'aimait trop pour ne pas m'ouvrir les bras tout grands dès qu'il m'apercevrait. Mais il y avait mon père et ma grand'mère; je me représentais leur accueil courroucé et la punition rigoureuse qu'ils ne manqueraient pas de m'infliger. Je me voyais enfermé dans un cabinet noir, condamné au pain sec et à l'eau pour des années, et l'idée d'un pareil châtiment ne m'inclinait guère à retourner chez nous. D'ailleurs où était-ce *chez nous ?* Nos marches et nos contre-marches dans la forêt m'avaient complètement désorienté, et avec cette propension des enfants à tout grossir, je me croyais déjà bien loin, bien loin de Juvigny.

Le pays que nous avions devant les yeux m'était totalement inconnu. A nos pieds, une friche semée de genévriers descendait jusque dans une gorge profonde, dont le creux était sans doute arrosé par un ruisseau, car il s'en dégageait un ruban de brouillard qui serpentait comme une fumée au pied du coteau et nous voilait le fond du vallon. La colline d'en face était couverte de vignes, et au-dessus de nos têtes, dans le ciel d'un bleu fin, il y avait déjà une musique d'alouettes. Au fond de la vallée brumeuse, une horloge d'église sonna cinq heures. Le soleil se montra tout rouge au-dessus des vignes mouillées de rosée; puis ses rayons glissèrent le long de la côte dans le brouillard, qui s'argenta tout à coup, se déchira, s'enleva en minces flocons blancs et finalement se dissipa pour nous laisser voir un ruisseau qui miroitait, des prés tout jaunes et violets dans leur pleine maturité, enfin au loin, à l'entrée de la gorge, un village dont les vitres roses étincelaient. En même temps des coqs chantèrent, la corne d'un pâtre résonna dans les rues du village et des mugissements de vaches lui répondirent du fond des étables.

Ce gai soleil, ces prés en fleur, la musique des alouettes, tout ce tapage du réveil me redonnèrent un peu de courage. Le brouillard que je sentais au fond de moi se dissipa à son tour; il me semblait impossible que cette belle matinée ne nous apportât pas enfin quelque agréable compensation.

— Bigeard, dis-je timidement, tu fais la mine, est-ce que tu m'en veux ?

Bigeard secoua les épaules avec un geste boudeur.

— Tu m'ennuies, grogna-t-il ; oui, je t'en veux et je suis bien fâché de t'avoir écouté... Toutes tes histoires de fées ne sont que des menteries, et je suis une bête d'y avoir cru... En voilà un métier ! toujours courir dans les épines, ne pas manger son soûl ni dormir son comptant, merci !.. Je n'ai plus qu'une envie, c'est de m'en aller chez nous.

Je remontrai à Bigeard que l'accueil que nous recevrions chez nous n'avait rien de bien engageant, et je n'eus pas trop de peine à l'en convaincre. Alors, le voyant rêveur, j'insinuai sournoisement que peut-être ferions-nous mieux de poursuivre notre aventure et de nous mettre sous la protection des fées de la forêt; mais cette réflexion n'eut d'autre résultat que de rallumer sa colère.

— Les fées ! s'écria-t-il, laisse-moi donc tranquille avec tes fées !... Si elles avaient un peu de cœur, elles nous enverraient un bon déjeuner... Mais elles se moquent de nous, et moi aussi je me .iche pas mal d'elles ainsi que de ta princesse ! Qu'est-ce que ça me fait, à moi, qu'elle soit enchantée? Si quelqu'un la désenchante, ce ne sera pas moi !... Ah ! que je voudrais être chez nous, devant la table de notre cuisine, avec mon bol de café au lait !... Tu n'as donc pas faim, toi?

— Si fait, répondis-je, nous pourrions descendre au village pour y acheter du pain et des cerises... J'ai de l'argent.

Les yeux de Bigeard s'illuminèrent et sa figure se désembrunit :

— Combien as-tu?

— Cinq sous, répliquai-je fièrement en faisant tinter le billon dans ma poche, et toi, qu'est-ce que tu as?

— Moi, murmura-t-il tout confus, pas grand'chose.

Il retourna ses poches et en tira son couteau, un bout de ficelle, trois billes et un vieux clou.

— Ça ne fait rien, dis-je d'un ton magnanime; avec cinq sous, nous pouvons très bien déjeuner... Arrive !

La perspective d'un déjeuner avait remis Bigeard en meilleure humeur. Nous descendîmes par un petit *grippelot* qui

zigzaguait entre les bois et des champs de luzerne : puis, après
avoir bu un bon coup d'eau fraîche au ruisseau, nous entrâmes
dans le village. Une fois dans la grand'rue, nous remarquâmes une animation peu ordinaire. Sur le pas des portes,
les femmes étaient affairées à plumer des canards ; dans l'intérieur des maisons, d'autres ménagères, debout, les manches
retroussées devant la maie, pétrissaient de la pâte ou bien
garnissaient de cerises de larges tartes aux bords jaunis à
l'œuf, tandis que par les vitres des fournils on voyait le four
béant flamboyer. Ce spectacle de volailles plumées et de pâtis-
series bien affruitées augmentait encore les tiraillements de
notre estomac délabré.

— Voilà un pays où on a l'air d'aimer les bonnes choses,
dis-je à Bigeard, dont les yeux ronds et gourmands semblaient
sortir de l'orbite.

— Ça doit être la fête, remarqua mon compagnon en suivant
du regard une paysanne qui traversait la rue, portant sur une
plaque de tôle deux tartes qui laissaient derrière elle une
appétissante odeur de cerises cuites.

Ce fut bien pis quand nous arrivâmes devant l'auberge, située
en face de l'église et de la maison commune. Là, on avait fait
main basse sur les volatiles de la basse-cour. Une demi-douzaine
de poulets égorgés pendaient aux barreaux des fenêtres. Des
canards se sauvaient vers le ruisseau en emportant au bec
des entrailles de volailles vidées, tandis que sur les marches
un gros matou jaune grondait sourdement en se gavant de
débris de gésiers. Par la porte large ouverte on apercevait,
devant une claire flambée, le tournebroche où rôtissaient des
carrés de porc frais, en compagnie de canetons bardés de
lard.

— C'est bon tout ça, Jacques! dit Bigeard en reniflant; en-
trons voir !... Surtout ne va pas parler de ta princesse à ces
gens-là, ils nous mettraient à la porte.

L'hôtesse, — une petite femme maigre, délurée, à la voix

glapissante, — trottait par la cuisine, secouant une casserole, donnant un coup de pied à un chat et un coup de fourgon dans la braise. Sur le seuil, deux garçonnets de notre âge lorgnaient une *coquelle* fumante de panade à la crème et apprêtaient leur cuiller et leur écuelle. Rien qu'à voir la panade et les mines de ces gamins, l'eau nous venait à la bouche.

— Qu'est-ce que vous voulez, mes *gachenets?* nous cria l'hôtesse.

Je demandai du pain et des cerises pour mes cinq sous, que je fis tinter sur la table.

—Du pain tant que vous voudrez, répondit-elle, je vais vous en couper à la miche. Pour ce qui est des cerises, je n'en ai pas seulement ce qui ferait mal dans un œil.

Elle nous tailla deux morceaux de pain de ménage, prit nos sous sans cérémonie, puis se retournant vers un homme déjà mûr, à l'air grave, qui rôdait autour des fourneaux en flairant les casseroles :

— Croiriez-vous, monsieur le maître, qu'on a tant cuit de tartes pour la Saint-Jean, qu'on ne trouve plus une cerise dans tout le finage?

— Je le croirais, répondit l'autre en ouvrant sa tabatière et en humant une prise, et avec cela il y a les maraudeurs qui ne respectent rien... Hier encore, le garde en a pincé un qui dévalisait les cerisiers de la plaine de Véel, en compagnie de deux petits vagabonds... Les petits drôles ont pu se sauver, mais Saudax a empoigné le voleur au moment où il dégringolait du cerisier, et l'a conduit ici pour verbaliser devant M. le maire... Il a passé la nuit dans le bûcher de la mairie, et on va le reconduire ce matin à Juvigny, où on lui fera son affaire.

— Tant mieux! s'écria l'aubergiste, en vidant la panade dans les écuelles de ses garçons, je voudrais que ces maraudeurs fussent tous aux galères.

JE DEMANDAI DU PAIN ET DES CERISES POUR MES CINQ SOUS.

Je n'avais plus une goutte de sang dans les veines. — Dans ce pays où l'on fabrique beaucoup de kirsch, les gens sont très jaloux de leurs cerises, et la maraude est punie sévèrement. D'après ce qu'avait dit le maître d'école, il était évident qu'il s'agissait de Césarin, et si on nous reconnaissait, les choses menaçaient de mal tourner pour nous. Je tirai Bigeard par la blouse; il cligna de l'œil; nous avions eu tous les deux la même pensée et nous cherchions à nous esquiver, quand sur le pas de la porte apparut un nouvel arrivant dont l'aspect augmenta encore mes transes.

Ce n'était ni plus ni moins que le grand diable vêtu de peau de bique, dont j'avais surpris, la nuit dernière, la conversation avec le maître charbonnier; il s'était débarrassé de sa canardière et il avait troqué ses brodequins de fougère contre de gros souliers ferrés. Il portait au bras un large panier recouvert d'un linge blanc.

— Bonjour donc, Pitoiset, cria l'hôtesse; qu'est-ce que vous m'apportez, mon brave homme

— J'apporte de la chair fraîche, répondit celui-ci d'un ton mystérieux et avec une grimace qui me firent frémir.

En même temps il souleva le linge qui voilait le panier, et, à ma grande surprise, j'y aperçus deux cuissots de chevreuil, que l'hôtesse se hâta de recouvrir soigneusement.

— Il faut mettre ça à l'ombre, de peur des gendarmes, dit-elle en baissant le ton; je vas vous conduire à la cave.

Mais, tandis qu'elle décrochait un trousseau de clefs, son attention fut attirée par une bruyante dispute des deux gamins occupés à manger leur panade. L'aîné ayant quitté de l'œil la *coquelle* pour contempler l'homme au panier, le plus jeune, qu'on nommait *le Frisé*, avait profité de sa distraction pour s'adjuger le gratin de la panade, qu'il râclait sournoisement avec sa cuiller. Quand l'aîné s'aperçut de cet abus de confiance, il poussa des cris de perroquet :

—Maman! geignait-il, maman! *le Frisé* mange tout le gratin.

— Tant pis pour toi ! répliqua l'hôtesse affairée.

— Eh bon ! eh bon ! continuait de gémir l'aîné en sanglotant, qu'est-ce que j'aurai, moi ? qu'est-ce que j'aurai ?

— Tiens, voilà ce que tu auras ! glapit l'aubergiste impatientée, en lui allongeant une maîtresse claque, au moins tu chignoras pour quelque chose !...

Il y eut alors un affreux tapage : les enfants, les chiens, le maître d'école, l'aubergiste s'agitaient à qui mieux mieux.

— Il ne fait pas bon ici, murmurai-je à Bigeard ; sauvons-nous !

Et je l'entraînai dans la rue, tandis que M. le maître haranguait *le Frisé*.

Mais je n'étais pas au bout de mes angoisses. Au moment où nous passions devant la maison commune, voilà qu'une petite porte s'ouvre, et qui en voyons-nous sortir, au milieu d'un groupe de curieux ? — Le pauvre Césarin, flanqué d'un côté par le garde champêtre, et de l'autre par l'appariteur.

Le malheureux ne pensait plus à rire ni à jouer du flageolet. Il regardait d'un air piteux le clair soleil, les tilleuls en fleurs, l'eau courante du ruisseau, et il faisait une grimace mélancolique.

— Oïe ! oïe ! oïe ! s'exclama Bigeard, en ouvrant ses yeux ronds.

Je lui administrai un coup de coude pour l'inviter à se taire.

— Le voilà, le *maure* sujet ! Ah ! le propre à rien ! s'écriaient les femmes à la vue du maraudeur. On va le mener en prison, *ç'a ben fait !*

Moi, je me disais avec une sueur froide dans le dos : — Il va nous reconnaître, et on nous emmènera avec lui.

Il nous reconnut en effet ; ses gros yeux bleus se tournèrent un instant vers nous... Mais le brave garçon avait bon cœur ; il ne voulut pas nous mettre dans la peine. Il se contenta de cligner de l'œil à la dérobée, puis tout d'un coup s'adressant à

son escorte, il leva un bras et cria de sa voix de stentor : — Par
le flanc gauche, en avant, marche!

— Ah! le *malabre!* ah! l'effronté! murmuraient les commères scandalisées.

On l'emmena, et tandis qu'on le suivait, nous pûmes nous
dérober par une ruelle transversale et regagner le *grippelot*
qui conduisait au bois.

Le spectacle de l'arrestation de Césarin avait produit sur moi
une impression pénible. Son silence charitable m'avait touché,
et je marchais sans mot dire en mordant d'un air morne dans
mon morceau de pain. Derrière moi, Bigeard montait en rechignant et poussait du pied chaque caillou qu'il rencontrait.
Quand nous fûmes à l'orée du bois, il croisa les bras, et s'arrêtant :

— Ah çà! fit-il, où vas-tu encore me conduire?... Tu sais
que j'en ai plein le dos de ta Princesse Verte!... Je veux rentrer
en ville, moi!

— Bigeard, m'écriai-je, si nous rentrons, on est capable
de nous prendre comme Césarin et de nous faire coucher aux
pompes!

— Ça m'est égal, j'aime mieux encore ça que de coucher
sous un arbre... Si tu recommences le métier d'hier, je te
plante là et je m'en retourne tout seul.

— Tu n'aurais pas le cœur de me laisser, moi qui t'ai donné
mes tartines?

— Tu me devais bien ça, après avoir cassé mes deux œufs

— Je t'ai aussi donné mes sous pour le déjeuner!

— Il était joli, le déjeuner, du pain sec!

— Si nous rentrons, repris-je en tentant un suprême effort,
je connais ton père... Tu auras la *schlague*, et moi aussi, sans
compter qu'on nous fourrera en prison après... Tandis que,
si nous retournions au bois... dame! nous aurions peut-être
chance de trouver...

— Trouver quoi?

Je n'osais plus parler de la princesse, mais la forêt pleine de soleil, de fleurs et de papillons me paraissait encore une perspective plus agréable que notre rentrée au logis paternel.

— Nous pourrions trouver quelqu'un qui nous inviterait à dîner dans son château, continuai-je... Tiens, si tu veux rester avec moi, je te donnerai quelque chose.

— Quoi?

Je fouillai dans ma poche; j'en tirai une mignonne toupie en buis, — ma préférée, — ainsi que la fine et solide ficelle câblée qui servait à la faire virer, et je montrai le tout à Bigeard.

— Voilà, dis-je, ce que tu auras si tu veux m'accompagner.

Ses yeux brillèrent :

— L'*étrebi* (la toupie) ! s'écria-t-il... Et la ficelle avec?..

— Et la ficelle avec.

— Donne-la tout de suite, dit le méfiant Bigeard en tendant la main.

J'y consentis; il empocha ma toupie, — avec la ficelle câblée, — puis d'un ton très décidé :

— Soit! murmura-t-il, j'irai encore avec toi; mais si d'ici à une petite heure nous ne trouvons rien, tu me promets que nous retournerons chez nous?

Je répondis par un geste résigné et affirmatif.

— Ta parole la plus sacrée?

— Ma parole!

Et je fis le serment sacramentel des enfants, qui consiste dans le simulacre de se couper la poitrine en croix.

Nous rentrâmes dans la forêt par une belle allée bien verte, semée de plantains en fleurs et surtout de fraisiers sauvages, parmi lesquels Bigeard et moi nous glanâmes quelques fraises mûres. Tant que durèrent les fraisiers, la gourmandise de mon compagnon étant en jeu, il ne trouva pas le temps long; mais l'allée devint plus ombreuse et presque humide, les

J'OCCUPAI MES LOISIRS A EXAMINER LE MANÈGE DES FOURMIS.

fraisiers disparurent, nous ne vîmes plus que des plantains, et le camarade recommença de geindre.

— Nous n'arriverons donc jamais?.. Tu vois bien qu'il n'y a pas plus de château que sur ma main.

— Poussons encore un peu plus loin, insinuai-je, tiens, seulement jusqu'à ce gros arbre qui est là-bas!

Quand nous fûmes au gros arbre, il se trouva que le chemin se bifurquait en deux sentiers, dont l'un redescendait dans la direction du village et dont l'autre s'enfonçait dans l'épaisseur du bois. Nous discutâmes un moment sur le choix à faire. Bigeard soutenait qu'il fallait prendre le premier; j'avais beau lui démontrer que nous retournerions sur nos pas, il s'entêtait dans son idée.

— Eh bien, fit-il brusquement, attends-moi ici, au pied de l'arbre... Je vais suivre le sentier jusqu'au premier tournant pour voir s'il va au village, et je viendrai te le dire.

J'avais chaud, la mousse était douillette au pied du hêtre, et je n'étais pas fâché de me reposer. Je m'assis donc, plein de confiance, et j'occupai mes loisirs à examiner le manège des fourmis parmi les débris de faînes qui jonchaient le sol autour de l'arbre.

J'attendis un quart d'heure, une demi-heure... Point de Bigeard. C'était étrange. — Se serait-il perdu? me dis-je en me levant, et je me mis à hucher : — Bigeard !

Silence profond. Alors j'enfilai à mon tour le sentier tournant. — Nulle trace de mon camarade! — Je m'égosillais à appeler... Les loriots seuls me répondaient par des sifflets ironiques... Le sentier tombait sur une route forestière, — et cette route était déserte.

Il n'y avait plus de doute : le traître Bigeard m'avait abandonné.

VII

Parti, après m'avoir enlevé ma toupie et ma ficelle!..

— Ah! faut-il?.. faut-il? m'écriai-je indigné.

En même temps de grosses larmes roulaient dans mes yeux, des larmes où il y avait à la fois de la colère et de l'angoisse. Qu'allais-je devenir désormais? Tout le temps que j'avais été en compagnie de Bigeard, je ne m'étais pas cru absolument détaché de Juvigny. Au milieu de cette forêt où nous nous trouvions perdus, la naïve et gourmande personnalité de mon compagnon avait pour moi quelque chose de familier qui me donnait de l'assurance. Bigeard était comme une sorte de fil intermédiaire entre la maison paternelle et le monde étrange, inconnu, du « grand bois ». Maintenant le fil était rompu, et je restais seul dans le désert verdoyant de la forêt.

Retourner du côté du village, c'était risquer d'être pris pour un vagabond et d'avoir le sort de Césarin; m'enfoncer dans la futaie, c'était peut-être m'exposer à mourir de faim ou à être mangé par les bêtes sauvages. Pourtant je ne pouvais rester là sans bouger; l'immobilité sur ce grand chemin me semblait insupportable. J'avais peur d'avancer et je n'osais demeurer en place. A la fin, je me décidai à suivre cette route forestière qui me paraissait un peu plus frayée que les autres sentiers. Je renfonçai mes larmes et je me mis en marche.

Il faisait un temps délicieux, les arbres qui bordaient la route arrêtaient dans leurs hautes branches les rayons trop brûlants et répandaient sur le sol une ombre fraîche piquetée de points ensoleillés. C'était comme une dentelle dont les jours étaient représentés par des taches lumineuses, et les pleins par des découpures d'ombre. Je vois encore ce joli chemin baigné dans un frais clair-obscur, avec ses deux ornières où poussait l'herbe, et sa chaussée pierreuse étoilée des fleurs roses de la petite centaurée. Çà et là une tige de ronce rampait du fossé jusqu'au milieu de la route, ou bien un chardon droit comme un cierge épanouissait sa tête violacée en plein soleil. Aux branches des coudriers, de longs chèvrefeuilles s'entortillaient, se dressaient haut dans l'air, puis retombaient en bouquets de corolles jaunes et rosées; la forêt était tout embaumée de leur odeur de vanille. Dans les merisiers noirs de fruits, les loriots modulaient amoureusement leurs trois notes mélodieuses. On aurait dit des sons de flûtes invisibles.

Malgré mes ennuis et mes sérieuses préoccupations, le charme de la forêt me gagnait peu à peu. A l'âge où j'étais, on subit facilement l'impression des phénomènes extérieurs. La joie des choses me pénétrait, et je recommençais à espérer. Au milieu de cette harmonieuse nature forestière, j'éprouvais une sorte d'enivrement; le léger crépitement produit par la chute des écailles menues pleuvant de la cime des grands hêtres, l'imperceptible murmure de la rosée s'égouttant de feuille en feuille, le fredonnement d'un bourdon enfoncé dans la corolle d'une digitale, toutes ces merveilles de la vie intime des bois me rejetaient dans mes songeries de fées et d'enchantement. Depuis vingt-quatre heures, mes illusions au sujet de ma mystérieuse princesse s'étaient passablement décolorées, et je crois que le prosaïque Bigeard n'y avait pas nui, mais maintenant je les sentais se raviver tout doucement; c'était comme un bouquet qu'on a longtemps tenu à la main et qu'on trempe ensuite dans l'eau; les fleurs de la féerie, les belles fleurs bleues qui tout à l'heure baissaient piteusement la tête, la redressaient peu à peu et retrouvaient tout leur éclat. Je marchais lentement, les yeux en l'air, les oreilles agréablement caressées, les narines ouvertes toutes grandes pour aspirer la bonne odeur du bois, et, en marchant, je me berçais avec ces mots que je répétais comme une incantation : « Princesse Verte ! Princesse Verte ! »

Tout à coup mon pied buta contre un obstacle, mes yeux s'abaissèrent et je m'arrêtai ébaubi.

Devant moi, séparée de la route par une barrière vermoulue posant sur deux bornes de pierre usée, s'ouvrait dans l'épaisseur du bois une verte avenue formée de hauts sapins moussus, alternant avec d'énormes buissons de rosiers à cent feuilles. Certainement cette plantation symétrique, cette barrière et ces roses de jardin annonçaient le voisinage de quelque habitation. La barrière était à la vérité bien noircie et effritée par la vétusté, les longues barbes de mousse qui pendaient aux branches des sapins, les herbes qui poussaient dru sur le sol, les rosiers aux allures désordonnées qui barraient le passage avec leurs branches vertes chargées de roses, tout semblait indiquer que l'avenue n'était guère fréquentée. Mais ce fut justement cet air d'abandon et d'antiquité qui me séduisit. Je me figurai que j'arrivais dans un domaine semblable à celui de la Belle au bois dormant. Les fées avaient-elles enfin exaucé mes vœux, et cette avenue mystérieuse conduisait-elle au palais enchanté de la princesse de mes rêves ?

Mon cœur battait. Je me décidai à passer sous la barrière et je m'engageai timidement dans l'avenue tournante dont l'épais gazon assourdissait le bruit de mes pas. Tout y paraissait endormi ; les sapins étendaient leurs longs bras immobiles ; au fond de la corolle des roses dont j'écartais les tiges, des espèces de hannetons aux élytres d'un vert doré sommeillaient, la tête enfoncée dans les pétales. Pas un bruit, pas un souffle d'air. Après cinq minutes de marche, j'aperçus au bout de l'avenue une maison d'assez belle apparence, au toit d'ardoise, aux murs gris tapissés de lierre et de vigne vierge, et naturellement je la pris incontinent pour un château. A mesure que j'avançais, les objets devenaient plus précis. Le *château* se dressait au milieu d'un rond-point formé par les sapins ; parmi les graminées de la pelouse, des buissons de troène en fleur s'arrondissaient çà et là, répandant un parfum très capiteux. On ne voyait aux entours aucune trace d'habitants. Pour sûr j'avais devant moi un palais enchanté ; les fenêtres étaient closes, mais la porte qui s'élevait au-dessus de quelques marches de pierre blanche, la porte était toute grande ouverte, et au lieu de dragons pour en garder l'entrée, il y avait sur la dernière marche, de chaque côté des jambages, un chien-loup à poil fauve et un chat tigré, noir et gris, qui se tenaient tous deux assis sur leur train de derrière, la tête relevée dans une attitude grave et recueillie. Mon apparition ne sembla même pas les émouvoir ; ils gardèrent leur immobilité silencieuse, estimant sans doute de peu d'importance l'entrée d'un bambin tel que moi dans leur domaine.

Enhardi par leur indifférence, j'avais déjà fait quelques pas à travers la pelouse, quand tout à coup une voix brève, appartenant à quelque être invisible, partit de la feuillée et m'interpellant :

— Halte ! cria cette voix ; ne bouge pas, mâtin !

Au même moment un singulier sifflement résonna au-dessus de ma tête, et presque aussitôt je vis tomber à mes pieds un corbeau encore tout pantelant, frappé à mort par le mystérieux projectile dont j'avais entendu le bourdonnement. A l'aspect du corbeau, le chien-loup bondit sur la pelouse en se tortillant silencieusement, et le chat tigré le suivit, la queue en l'air, avec de courts miaulements étranglés. Mais avant qu'ils eussent pu arriver jusqu'à l'oiseau mort, un nouveau personnage sortit du fourré et celui-là avait une mine encore plus étrange que les deux gardiens de la porte d'entrée.

C'était un petit vieillard très vif, coiffé d'un bonnet de velours noir et vêtu d'une sorte de robe de chambre de bure grise qui lui tombait jusqu'aux chevilles ; avec cela, deux yeux perçants sous de gros sourcils blancs, un teint de brique et une barbiche grise pointue. Sa houppelande flottante et sa chemise entr'ouverte laissaient voir une poitrine très velue; son cou ridé était nu; à mesure qu'il s'approchait, je crus distinguer qu'il boitait.

La brusque apparition de ce personnage acheva de me terrifier. — Pour sûr, me disais-je en regardant le bonnet de velours noir et la longue robe de bure, celui-ci est l'*enchanteur*. — Sans m'accorder d'abord la moindre attention, il repoussa d'un geste de commandement le chien et le chat : — Holà, dit-il d'une voix nasillarde, va te coucher, *la Belle*, et toi aussi, *la Bête*, file ! — Et docilement les deux animaux silencieux retournèrent reprendre de chaque côté de la porte leur grave posture méditative. Il ramassa le corbeau et ajouta : — Voilà de quoi faire une bonne soupe pour ce soir, mes camarades !

Alors seulement il daigna s'apercevoir de ma présence et me dévisageant avec ses petits yeux percés en trou de vrille :

— D'où sors-tu, toi, crapoussin? me demanda-t-il.

Je lui répondis d'une voix mal assurée que je m'étais perdu dans la forêt et que, me trouvant devant la grande allée de son *château*, je m'étais permis d'y entrer pour demander mon chemin. Il examina ma figure fatiguée, ma blouse déchirée, ma chevelure encore semée de brins de mousse et de bruyère, et il reprit en levant un doigt menaçant :

— Tu es un gamin de Juvigny, toi, et tu as passé la nuit dans la forêt?... Tu m'as tout l'air d'avoir fait l'école buissonnière, hein?

En présence d'une pareille perspicacité, il ne me restait plus qu'à dire oui, et c'est ce que je fis en baissant le nez.

— Vous étiez deux, hier, dans le bois, continua-t-il ; où est ton camarade?

— Bigeard? répondis-je stupéfait, oui, il était avec moi, mais il est parti. — Et je lui contai la trahison de mon compagnon.

L'*enchanteur* m'avait écouté en tortillant sa barbiche. Quand

D'OÙ SORS-TU, CRAPOUSSIN? ME DEMANDA-T-IL.

j'eus fini, il posa brusquement l'une de ses mains sur ma tête et me dit de sa voix flûtée :

— Tu es le petit Pâquin !

Je tressaillis. Décidément cet homme étonnant savait tout, et je me trouvais absolument en son pouvoir.

— Oui, murmurai-je d'une voix faible.

— Ah ! fit-il sévèrement !... c'est bien, reste là et ne bouge pas d'une semelle en attendant que je revienne.

Il s'éloigna avec pétulance, se précipita dans l'intérieur du château, où je l'entendis qui donnait des ordres à un autre personnage invisible. — Qu'allait-il faire de moi ? Allait-il m'enchanter à mon tour comme ces deux animaux que je voyais sur le pas de la porte ? Car il n'y avait plus à en douter, ce chat et ce chien qui s'appelaient *la Belle* et *la Bête*, qui fixaient sur moi de singuliers regards, devaient être des personnes changées en bêtes par l'enchanteur et punies ainsi probablement de leur indiscrète curiosité. Plus je les examinais, plus j'en acquérais la conviction. Ce chien et ce chat avaient de si étranges façons ! Le chat grave, la queue enroulée, dressait les oreilles, épiant attentivement les mouches qui passaient devant son nez, puis tout d'un coup il levait ses deux pattes de devant et, les rapprochant l'une contre l'autre, attrapait une mouche au vol absolument comme je l'aurais pu faire avec mes deux mains. — Le chien-loup au museau mobile, aux oreilles tantôt levées et tantôt couchées, avait des yeux et des jeux de physionomie pareils à ceux d'une créature humaine ; avec cela il prenait des postures et faisait des gestes de chat, se léchant une patte et la passant soigneusement par-dessus son oreille pour se débarbouiller, à l'imitation du matou, son camarade.

— Toutes ces choses ne me paraissaient pas naturelles, et les allures bizarres de l'*enchanteur*, son costume et son langage ne me laissaient guère de doute sur le sort qui m'attendait.

Si j'avais été plus au courant des histoires de ma petite ville,

j'aurais eu la clé de tout ce mystère et j'aurais deviné que mon
enchanteur était tout bonnement un original nommé le canonnier Bannet, dont on parlait parfois chez mon grand-père. —
Ce canonnier Bannet avait servi sous le premier empire, et il
avait été blessé à Waterloo. A la restauration, il s'était marié à
Juvigny, puis, devenu veuf, et s'étant brouillé avec ses
enfants, il avait pris le séjour de la ville en aversion. Il s'était
fait bâtir une maison dans le bois du Juré, et il vivait là comme
un loup depuis des années, descendant rarement en ville, faisant lui-même son lit et sa cuisine, herborisant, collectionnant
des insectes et tendant des pièges aux petits oiseaux. En qualité de compagnon d'armes, mon grand-père le connaissait et
le visitait parfois, et depuis, il m'a souvent conté la vie excentrique de son camarade l'ancien artilleur ; mais à cette époque
je me mêlais peu aux conversations de grandes personnes, et
le nom du canonnier Bannet n'avait jamais beaucoup attiré
mon attention, trop absorbée par la féerie pour s'occuper de
ces détails prosaïques.

Au bout de dix longues minutes, le colloque qui avait lieu
dans l'intérieur du logis cessa, et je vis sortir un petit domestique en blouse bleue qui s'élança dans la direction de l'allée
des sapins et disparut. Peu après, l'enchanteur arriva à son tour
sur le pas de la porte et descendit les marches. Il se dirigeait
vers moi clopin-clopant et d'un air méditatif.

— En quelle espèce de bête va-t-il me changer ? me deman-
dais-je en frissonnant.

Quand il fut près de moi, il s'arrêta, me dévisagea en
silence, puis brusquement :

— Mieux vaut courir les bois que de moisir à l'école, hein,
petit Pâquin ? me demanda-t-il en me pinçant légèrement
l'oreille.

— La chère sœur m'avait mis à la porte, répondis-je entre
mes dents.

— Ha ! ha !... Et pourquoi n'es-tu pas rentré chez toi ?

— Parce que j'avais peur d'être grondé... Et puis j'avais envie de voir le « grand bois ».

— Que diantre y as-tu fait toute la soirée dans le grand bois?... Tu cherchais des nids, je parie, mon gaillard!... Mais la saison est passée.

— Non, m'écriai-je pour me disculper, je me moquais bien des nids, je cherchais autre chose!

— Quoi donc?... Allons, confesse-toi... Je verrai bien si tu dis la vérité, car je sais tout.

Puisqu'il savait *tout*, il ne fallait pas songer à le tromper... Je lui avouai que j'étais parti à la recherche d'une princesse que je voulais désenchanter, comme le bel *Avenant* était allé à la recherche de la *Belle aux cheveux d'or*.

Il m'écoutait en frottant avec un bruit sec les paumes de ses mains.

— Drôle de moutard! murmurait-il en nasillant; puis il ajouta d'un ton narquois :

— Et peut-on savoir comment elle se nomme, ta princesse?

— Elle s'appelle la Princesse Verte... C'est-à-dire c'est ce nom-là que je lui ai donné... Mais peut-être bien en a-t-elle un autre, parce que... vous savez... je ne suis pas très sûr.

— Oui, oui, je conçois, interrompit-il en ricanant... Eh! petit, tu ne t'es pas trompé; elle se nomme bien la Princesse Verte.

— Vous la connaissez?

— Je la connais, répondit-il gravement.

— Est-ce que?... est-ce qu'elle demeure dans votre château

— Elle demeure ici et ailleurs encore... partout où il y a des arbres.

— C'est une grande princesse alors?

— Oui, dit-il en s'animant, c'est une reine et c'est aussi une fée, la reine des fleurs, des insectes et des oiseaux.

Ses petits yeux gris pétillèrent. — Pas un brin d'herbe ne

pousse sans sa permission; c'est elle qui nourrit les hommes et les bêtes, et sans elle le monde périrait.

— Ah! m'écriai-je ébahi, et vous la voyez quelquefois, vous, monsieur?

— Tous les jours.

— Est-ce que les petits garçons peuvent la voir ?

— Oui, quand ils sont sages et qu'ils ont le *don*.

Je ne comprenais pas bien ce qu'il entendait par « avoir le don », mais cette formule mystérieuse faisait de nouveau travailler mon imagination. Je restais muet, roulant à droite et à gauche des regards curieux. Pendant ce temps l'*enchanteur* me dévisageait toujours, et ses yeux perçants avaient l'air de lire au fond de moi.

— Je parie que tu as faim? me demanda-t-il brusquement.

L'estomac recommençait en effet à me tirailler et je répondis par un signe affirmatif.

— C'est bon, nous allons chercher dans mon potager de quoi te faire déjeuner... Viens!

Il m'emmena, non loin de la maison, dans une étroite clairière entourée de gros hêtres.

— C'est ici, murmura-t-il.

J'avais beau écarquiller les yeux pour tâcher d'apercevoir ce qu'il appelait « son potager », je ne voyais rien qu'un gazon ras et déjà brûlé. Pourtant, à certains endroits, sur cette pelouse sèche une herbe verte poussait plus drue et formait autour d'un hêtre un large anneau verdoyant et moussu.

Mon *enchanteur* s'agenouilla, fourragea des deux mains dans cette verdure, et je vis qu'il y cueillait de petits champignons couleur noisette, gros à peine comme des pièces de vingt sous. Quand il en eut récolté une cinquantaine, il se releva et dit :

— Maintenant allons les faire cuire!

— Est-ce qu'il voudrait m'empoisonner? pensai-je, pris d'une nouvelle appréhension. — Monsieur, hasardai-je craintivement, les champignons, est-ce que ce n'est pas du poison.

— Il y en a de bons et de mauvais, répondit-il, comme il y a de bonnes et de méchantes gens... Ceux-ci sont des mousserons, et tu pourras les manger sans crainte ; c'est la Princesse Verte qui nous les envoie.

— Vrai ?

— Oui, continua-t-il en souriant, elle vient se promener ici tous les matins... Là où elle a marché, l'herbe devient plus verte, et il y pousse des champignons.

J'étais de plus en plus émerveillé de tout ce qu'il m'apprenait ; je le suivis docilement dans la cuisine, où nous entrâmes, escortés par *la Belle* et *la Bête*. C'était une pièce enfumée, d'aspect fort modeste, avec une cheminée de pierre brute, où *l'enchanteur* jeta une bourrée qui *claira* lestement. Il avait décroché la poêle, et, l'ayant posée sur un trépied, il y découpait de petits morceaux de lard qui se mirent à frire avec des frémissements appétissants. Postés de chaque côté des chenets, le chien et le chat épiaient tous les mouvements de leur maître, se passaient silencieusement la langue sur leurs babines et semblaient se délecter au bruit de la friture. Mon hôte cependant lavait ses champignons, hachait de fines herbes, puis il jetait le tout dans la poêle bouillante. Une alléchante odeur se répandit dans la cuisine. Alors il installa un couvert, du pain et du vin clairet sur un bout de la table, et m'y fit asseoir. Je goûtai d'abord les champignons avec une certaine méfiance, puis, les trouvant très bons, je revins à la charge et n'en laissai pas un sur mon assiette.

— Il paraît que cela va sous ta meule ! me dit *l'enchanteur* avec son rire goguenard ; maintenant bois un coup... Tu aimes donc les contes de fées, petit Pâquin ?

—Oui, répondis-je en essuyant ma bouche, j'aime surtout les bonnes fées et les braves enchanteurs qui d'un coup de baguette font toutes sortes de prodiges. Seulement mon grand-père dit que c'était bon dans le temps passé et qu'on ne voit plus de ces choses-là à présent.

— On en voit toujours quand on sait regarder, répliqua-t-il sérieusement.

Le doigt de vin que j'avais bu commençait à me délier la langue, et puis *l'enchanteur* avait l'air si bon enfant que je m'enhardis.

— Je voudrais tant voir un prodige! m'écriai-je... Est-ce que vous pourriez en faire un, vous, monsieur?

— Viens! dit-il en se levant.

Il m'emmena dans une pièce voisine, qui paraissait être son cabinet de travail et qui était meublée d'une façon très extraordinaire. Des filets à papillon et des boîtes oblongues de fer-blanc étaient accrochés au mur, à côté de cadres vitrés tout garnis d'insectes. Sur des rayons de bois blanc, il y avait pêle-mêle, avec des piles de bouquins, des rames de papier gris, des hiboux empaillés dont les yeux de chat me faisaient peur, et des reptiles enfermés dans des bocaux pleins d'un liquide jaunâtre. Sur une large table carrée, je vis un cahier couvert de parchemin jauni, — son grimoire sans doute, — puis une collection d'objets bizarres : des pinces, des loupes, des fioles et des débris de plantes. — Devant la fenêtre, une caisse carrée, dont le dessus était hermétiquement clos par un couvercle de verre transparent, était exposée en plein soleil.

L'*enchanteur* l'examina un moment, puis, me faisant monter sur un tabouret et me désignant du doigt le fond de la caisse :

— Regarde! me dit-il gravement, attention!

Je ne vis d'abord qu'une couche de terre grise qui tapissait le fond, et sur cette terre je finis par distinguer quelque chose qui ressemblait à une longue fève brune, annelée et terminée en pointe aux deux bouts; puis comme le rayon de soleil descendait jusqu'à cette *chose*, je la vis insensiblement se mouvoir, s'écailler et enfin se fendiller comme une châtaigne grillée qui fait éclater son écorce... Tout à coup, — ô merveille! — des couleurs chatoyèrent à travers les déchirures, et une créature vivante sortit de ces débris recroquevillés. C'était un papillon.

Je distinguais maintenant sa tête pointue ornée de frêles antennes grises, ses yeux brillants d'un brun clair, son corselet velouté et l'extrémité aiguë de son ventre, sur lequel ses ailes étaient encore collées. Peu à peu les ailes se détendirent, firent le moulinet, puis s'arrêtèrent; elles étaient roses et grises avec des diaprures d'un vert brun... Bientôt le papillon se montra dans toute la magnificence de ses couleurs fraîches et se mit à voleter lentement entre la terre et le couvercle vitré... Je poussai un soupir d'admiration.

— Hein! est-ce beau? fit à son tour l'enchanteur, qui s'était penché derrière moi : c'est le *sphinx de vigne*... Un superbe échantillon!

— Et c'est vous qui avez changé cette vilaine fève brune en un beau papillon? lui demandai-je en le regardant avec une déférence mêlée de crainte.

— Je n'ai rien fait, répondit-il, c'est celle que tu appelles la Princesse Verte qui a fait ce prodige... Je ne suis que son humble serviteur.

— Elle est bien puissante, la princesse!

— Si elle l'est! s'écria-t-il, tandis que sa figure s'illuminait; je le crois!... Elle n'a qu'à souffler sur la moindre graine pour la changer en une plante fleurie.

Il ramassa sur la table un gland de chêne et me le montra :

— Tu vois ceci, cela tient dans le creux de la main : eh bien! si elle veut, elle peut le métamorphoser en un arbre aussi haut et aussi touffu que ceux que tu aperçois là-bas dans la forêt.

— Je voudrais bien... commençai-je timidement.

— Quoi?

— Voir la Princesse Verte!

— Tu la verras... Patience!

— Quand? m'exclamai-je, tandis que mon cœur battait.

— Ce soir, si tu es obéissant... Mais auparavant, comme nous aurons à marcher, tu vas d'abord faire un petit somme... Mets-toi ici.

Il me poussa dans une vieille bergère en velours d'Utrecht d'un jaune fané, qui occupait un coin de la pièce, et me posant un doigt sur le front :

— Dora, poursuivit-il; pendant ce temps, je vais te faire un peu de musique...

Il fouilla dans une armoire et tira d'un étui de peau une petite boîte ayant la forme et l'apparence d'une tabatière d'écaille, puis il la remonta lentement avec une clé, comme il aurait fait pour une pendule, et la plaça avec précaution sur la table.

Tout à coup, comme par enchantement, des flancs de cette boîte jaillit une claire musique cristalline, doucement mélodieuse, égrenant des notes grêles et limpides, pareilles au bruit de l'eau qui tombe goutte à goutte au fond d'un réservoir. Tandis que cette mélodie délicate me berçait, l'enchanteur s'était assis devant la table, en face d'une touffe de plantes sauvages qui trempaient dans un grand verre d'eau. La tête penchée, il examinait chaque tige fleurie à la loupe. Mes yeux se fermaient à demi; entre mes cils je voyais encore le profil aigu du vieillard se découpant en silhouette sur la baie de la fenêtre ouverte, — et derrière lui, les feuillages verts qui se balançaient au vent et semblaient en s'inclinant suivre la mesure de cette musique mystérieuse; puis tout se brouilla, et je m'endormis.

VIII

Je fus réveillé en sursaut par un tapage dont je ne me rendis pas bien compte tout d'abord. C'était *la Belle* qui jappait et sautillait autour de l'enchanteur, tandis que *la Bête* faisait chorus en miaulant sourdement et en se frôlant de la tête à la queue contre les pieds de la table. Je me frottai les yeux et je vis que mon hôte avait changé de costume pendant mon sommeil : il avait substitué une veste de chasse à sa robe de chambre, et un chapeau de paille à son bonnet de velours ; de plus il avait bouclé des guêtres de cuir autour de ses jambes inégales. Cette métamorphose était précisément la cause de la surexcitation des deux animaux, qui l'interprétaient sans doute d'après leurs souvenirs et y voyaient une perspective d'agréable promenade. — Le soleil, déjà bas, lançait dans la chambre des rayons plus obliques, et par la porte de la cuisine j'aperçus une table dressée, avec deux couverts et la soupière fumante au milieu.

— Allons, petit Pâquin, dit l'enchanteur en me secouant le bras, à table!... Nous avons une bonne course à faire ce soir pour aller chez la Princesse Verte, et il te faut prendre des forces.

Je quittai, en m'étirant les bras, la douillette bergère, et nous passâmes dans la cuisine. Le dîner se composait de la fameuse soupe au corbeau et d'un gigot rôti *à la ficelle* par les soins du petit domestique. L'*enchanteur* paraissait doué d'un bel appétit et mangeait comme quatre ; quant à moi, je ne sais si le potage, dont je connaissais trop l'étrange composition, était la cause

de mon dégoût pour la nourriture, ou si l'émotion de voir
bientôt la Princesse Verte me rassasiait par avance, mais j'avais
grand'peine à avaler ce qui était sur mon assiette. Quand nous
eûmes dépêché notre dessert, — un carré de fromage
et des cerises de bois, — l'enchanteur bourra sa pipe,
l'alluma, puis, me regardant dans le blanc des yeux, d'un air
solennel :

— Il est temps de nous mettre en route, me dit-il; tu n'as
pas peur, petit Pâquin?

— Non, monsieur, répondis-je en frissonnant.

— Quoi qu'il arrive, tu me promets d'être docile et d'obéir
à tous mes commandements?

Je le promis d'une voix un peu étranglée.

— Bon !... tu es un brave, continua-t-il en prenant son bâton. En route!

Nous descendîmes les degrés qui menaient au rond-point. *La
Belle* et *la Bête* nous escortaient, queue en l'air et oreilles
dressées.

— Nenni, s'écria l'enchanteur en se retournant vers les
deux animaux, nenni, je ne veux pas de vous, mes camarades !
Qu'on rentre au logis, et lestement.

Ils rebroussèrent chemin, la queue basse, mais sans mur-
murer. Quand nous nous engageâmes dans l'avenue des sapins,
je tournai la tête un moment et je les vis tous deux assis sur
leur train de derrière, de chaque côté de la porte d'entrée,
dans la même posture grave et recueillie qu'ils avaient lors de
mon arrivée.

A l'extrémité de l'avenue, au lieu de suivre la route forestière où j'avais passé le matin, le vieillard prit un sentier étroit
sous la futaie déjà plus sombre. Chemin faisant, il arrachait une feuille à une branche et me la mettant sous le
nez :

— Sais-tu ce que c'est que ça, petit Pâquin? me demandait-
il... c'est une feuille de charme. Remarque comme elle est dif-

férente de celle-ci, qui appartient à un érable, et il en est de
même pour chaque espèce d'arbres; leurs feuilles sont diver-
sement découpées suivant un dessin en rapport avec l'arbre
qui les porte; c'est ainsi que la couleur des yeux ou des cheveux, les lignes du nez ou du front différencient des hommes
qui, au premier abord, ont l'air de se ressembler. Quelle va-
riété de formes, et cependant ce sont toujours des feuilles!
Cela aussi, c'est une merveille, et tu vois qu'on rencontre
des choses surprenantes ailleurs que dans les contes de
fées.

— Et ceci, reprenait-il en coupant un bouton à la tige d'un
coquelicot qui fleurissait sur une place à charbon, voilà encore
un prodige!... Il ouvrit le bouton vert et me montra comme
les rouges pétales du coquelicot étaient empaquetés et repliés
avec soin dans l'intérieur.

— Si tu avais à serrer une redingote dans un étui à chapeau,
tu ne t'en tirerais pas aussi adroitement, toi!.. Il y a dans je
ne sais quel conte une fée qui renferme une aune de toile dans
une coquille de noix; ça n'est guère plus étonnant que ce
gros coquelicot qui tient dans une si petite enveloppe et qui
en sort sans avoir un pli, sans être chiffonné, dans tout le lustre
de sa toilette neuve... Oui, continua-t-il en s'échauffant et en
frappant la terre de son bâton, vois-tu, petit, la forêt est remplie de merveilles, nous ne pouvons faire un pas sans passer
près d'un miracle, nous vivons en pleine féerie sans nous en
douter. Il y a dans les arbres, dans la mousse et jusque sous la
terre plus de prodiges et d'enchantements que l'imagination
des conteurs d'histoires n'en a entassé dans les livres depuis
l'invention de l'écriture... Retiens cela, et tu comprendras
combien c'est vrai quand tu connaîtras... la Princesse
Verte.

Je l'écoutais bouche béante, et nous allions ainsi devisant
parmi les sentiers de plus en plus obscurs, à l'extrémité desquels tombaient déjà les vapeurs du crépuscule.

— Y serons-nous bientôt, monsieur, chez la princesse?

Nous étions au milieu d'une tranchée qui s'ouvrait à travers bois à la crête de la colline; au-dessous de nous la forêt se creusait en entonnoir, et nos regards, glissant sur les feuillées mobiles et mollement onduleuses, descendaient de massifs en massifs jusqu'à des nappes d'un vert plus sombre que noyait à demi une buée bleuâtre, s'élevant du creux de la combe.

L'enchanteur s'arrêta et désignant du bout de son bâton les fonds vaporeux de l'entonnoir :

— Elle demeure tout là-bas où tu vois ces fumées, dit-il; mais, avant d'y arriver, nous avons encore à marcher et voici la nuit... Je pense que tu n'as pas peur, la nuit, petit Pâquin?

— Non, non, balbutiai-je, effrayé moi-même de l'audace avec laquelle je mentais, moi qui, même à la maison, n'osais pas aller me coucher sans chandelle.

— Tant mieux! reprit-il, car maintenant le plus difficile va commencer. Du reste, qu'il fasse clair ou qu'il fasse nuit, la chose est peu importante, puisque je vais être obligé de te bander les yeux. — En même temps il tira de sa poche un mouchoir blanc qu'il plia en marmotte sur son genou. J'eus un mouvement craintif qui ne lui échappa point.

— Souviens-toi, s'écria-t-il d'une voix sévère, que tu as promis de m'obéir docilement... Je vais t'attacher ce bandeau sur les yeux et je te conduirai par la main; si tu faisais seulement mine de soulever le mouchoir pour chercher à voir malgré ma défense, il t'arriverait malheur, je te préviens. Un bon averti en vaut deux.

Que faire? J'étais dans mes petits souliers, et je n'osais aller contre les fantaisies de ce terrible vieillard. Je promis de suivre de point en point ses recommandations. Il me posa le bandeau sur les paupières, le noua solidement derrière ma tête, ajusta encore par-dessus un second mouchoir, qu'il assujettit

avec ma casquette, et je me trouvai plongé dans une nuit profonde. J'entendis une voix nasillarde qui me demandait : —
Respires-tu facilement, petit Pâquin? — Et sur ma réponse af-
firmative : — A merveille! fit-il en me prenant la main, marchons et lève bien les pieds.

Nous nous remîmes en route. Maintenant que je n'y voyais
plus, mon imagination battait la campagne. Les discours éton-
nants de l'*enchanteur*, ce bandeau sur les yeux, tout cet appa-
reil mystérieux surexcitaient encore mon esprit chimérique;
cette fois je croyais sérieusement nager en pleine féerie et être
environné de sortilèges. Le moindre souffle d'air dans la feuillée me semblait le frou-frou de la robe traînante d'une fée; le
bourdonnement des cerfs-volants et des longicornes qui vo-
laient au crépuscule était pris par moi pour le battement d'ailes
d'un sylphe ou d'un *soiret* (le lutin de nos pays). Je me figurais que j'entendais à droite et à gauche comme le fourmille-
ment d'une légion de nains marchant dans le fourré. Parfois le
vent de la nuit soupirant dans les branches des arbres avait
des accents pareils à ceux d'une voix humaine; de vertes odeurs
d'herbes et de fleurs sauvages arrivant par bouffées me semblaient les haleines embaumées des fées de la forêt, et tout là-
bas, au loin, un cor qui résonnait longuement me faisait songer au cor enchanté d'Oberon. Même, à un certain moment,
enfreignant la défense de mon guide, je soulevai un coin du
mouchoir, et j'aperçus avec une vague terreur des centaines de
petites lueurs vert pâle qui paraissaient danser dans le gazon
d'une clairière. Cela me remua tellement que je ne pus m'empêcher de tressaillir.

— Qu'as-tu? me demanda l'*enchanteur*.

— Rien, rien, murmurai-je, n'osant paraître effrayé, de
peur de faire deviner ma désobéissance; c'est que mon pied a
tourné.

— Tu dois être un peu fatigué, reprit-il; attends, je vais te
porter... Aussi bien le chemin devient difficile.

Il m'enleva dans ses bras robustes et me posa à califourchon sur ses épaules. A partir de ce moment, je ne me rendis plus compte de rien. Seulement, au bout d'un quart d'heure, il me sembla que les murmures des feuillées avaient cessé et qu'on ne sentait plus l'aromatique odeur particulière à la forêt. L'air était plus chaud, et on eût dit que nous nous trouvions en rase campagne. Des roulements de charrettes résonnaient sur les routes et on entendait au loin des aboiements de chiens.

— Où sommes-nous? demandai-je inquiet.

— Nous approchons, répondait la voix nasillarde de l'enchanteur. Peu à peu l'air devint encore plus lourd, les odeurs qui me venaient aux narines avaient pour moi quelque chose de familier et de déjà respiré: je me figurais que nous entrions dans une habitation quelconque et que nous montions les marches d'un escalier. Puis j'entendis distinctement le grincement d'une porte qui s'ouvrait. Enfin mon conducteur m'enleva brusquement de dessus ses épaules et me posa sur mes pieds.

— Maintenant, dit-il de son ton goguenard, en desserrant les nœuds du mouchoir, tu peux soulever ton bandeau...

O stupeur! ô honte! ô confusion! Au moment où je croyais contempler la Princesse Verte dans la splendeur de son palais illuminé, je me trouvai dans notre cuisine, face à face avec ma grand'mère Pâquin, qui m'entraîna par le bras dans la salle à manger, éclairée par une maigre chandelle, et où j'aperçus tout d'abord mon père et mon grand-père.

— Avancez, vagabond! mugissait ma grand'mère.

Le premier mouvement de mon grand-père fut de me prendre dans ses bras, mais il s'arrêta sur un geste de mon père et se contenta de serrer la main de mon traître d'enchanteur qui riait sournoisement dans sa barbe.

— Merci, dit-il, canonnier Bannel, nous vous sommes tous très reconnaissants de nous avoir ramené ce drôle qui nous a mis dans une inquiétude sans pareille.

— Bah! dit l'artilleur en riant, l'enfant est très gentil, et il m'a beaucoup amusé... J'espère que vous ne le gronderez pas trop; il est déjà bien assez puni !.. Il a dîné avec moi, et il n'a plus besoin de rien que de se coucher.

— Oui, ajouta sévèrement mon père, qu'il se couche, nous réglerons demain son compte!

— C'est moi qui le ramènerai à la sœur Euloge, continua ma grand'mère, en allumant un bougeoir et en me poussant vers la *chambre d'ami;* je le recommanderai au prône... Au lit, au lit, mauvais sujet!

— Bonsoir, petit Pâquin, me cria le vieux Baanet en guise de consolation, tu reviendras me voir un jour dans mon château, et nous recauserons de la Princesse Verte. . . . . . .

Le lendemain était un dimanche; je le passai enfermé dans un galetas attenant au grenier, en tête-à-tête avec mon pain sec et mon *Histoire sainte.* Puis le jour du châtiment arriva, le terrible lundi où je devais reprendre le chemin de l'école en compagnie de ma grand'mère. La sombre perspective de cette rentrée me tint éveillé pendant une partie de la nuit du dimanche au lundi. Pelotonné dans mon petit lit, j'épiais avec effroi les traces des premières blancheurs de l'aube à travers les persiennes. Je souhaitais ardemment que la nuit ne finît jamais et que le soleil oubliât de se lever. Malheureusement il se leva en dépit de mes prières; il se montra radieux comme pour mieux éclairer ma confusion. A la cloche de huit heures, la grand'mère Pâquin, inflexible comme le destin, me traîna vers l'école de la rue du Bourg. Quand nous entrâmes dans la classe de la sœur Euloge, tous les élèves étaient à leur porte, sauf le perfide Bigeard, que j'aperçus au pied de l'estrade, — à genoux, un bonnet d'âne sur la tête et les mains en croix.

— En guise de bienvenue, il me tira la langue, mais cette grimace injurieuse me laissa indifférent; je ne pensais qu'à mes propres misères et à la punition qui me pendait à l'oreille.

7

Elle fut cruelle. Après avoir écouté les recommandations de ma grand'mère et l'avoir reconduite jusque dans le couloir, la sœur Euloge revint vers moi, les sourcils froncés :

— Ah! dit-elle, monsieur Jacques, vous aimez la promenade, eh bien, vous vous promènerez encore ce matin, — avec moi; — je vais vous conduire à toutes nos sœurs, et pour qu'elles sachent bien ce que vous êtes, je vais d'abord vous accrocher ceci au dos.

En même temps elle tira de son pupitre un large écriteau de carton sur lequel on lisait moulé en belle ronde : — *Vagabond*, — et malgré mes résistances elle me l'attacha entre les deux épaules; puis, me prenant par la main, elle m'emmena, ainsi accoutré, à travers les classes des filles.

A mon arrivée dans chaque salle, les petites filles se levaient sur leur banc et me montraient du doigt en chuchotant; la sœur Euloge contait tout haut mes forfaits à ses collègues, et c'étaient des : — Oh! monsieur Jacques! — des roulements d'yeux, des bras levés au ciel, qui m'agaçaient singulièrement. Mais ce qui me mortifiait le plus, c'étaient les rires étouffés et les exclamations moqueuses de toutes ces petites filles. A chaque classe la scène recommençait, et il y avait six classes. A la fin, n'y tenant plus, rouge de honte et pleurant de rage, je me roulai sur le parquet, dérobant ainsi à tous les yeux l'abominable pancarte, et j'eus une crise nerveuse qui termina mon supplice...

Aujourd'hui je resonge à ces souffrances enfantines avec un sourire, et je comprends ce qu'il y a de profondément, d'intimement humain dans le vers de Virgile :

. . . Forsan et hæc olim meminisse juvabit [1].

Oui, le souvenir des douleurs passées et des lointaines épreuves devient plus tard pour nous un motif de joie. — Je

[1]. « Peut-être un jour le souvenir même de ces choses vous réjouira. »

me rappelle avec bonheur le brave grand-père, l'austère et
sèche grand'maman et l'impitoyable sœur Euloge; mais surtout
l'après-midi passée dans le « grand bois » avec le canonnier
Bannet. J'ai rendu, depuis, à l'*enchanteur* de fréquentes visites;
il m'a fait enfin connaître la vraie Princesse Verte, c'est-à-dire
la forêt avec toutes ses merveilles et tous ses enchantements,
la forêt qui a été mon initiatrice et mon amie, et à laquelle j'ai
voué un éternel et violent amour.

LES SABOTIERS

Les sabotiers se sont installés au fond de la combe, près d'une lisière de forêt où un ruisseau chante clair comme une flûte. Toute la famille est là : le maître sabotier avec son fils et son gendre qui lui servent d'ouvriers, les apprentis, la vieille ménagère et les marmots qui pataugent dans les cressons du ruisseau. Sous les aulnes s'élève la loge de planches où couche la maisonnée; non loin, les deux mulets, qui ont amené l'attirail du campement, sont attachés à des pieux et tirent leur longe pour donner çà et là un coup de dent à l'herbe du fossé. L'automne dernier, la troupe était campée sur les hauts plateaux de la forêt; où ira-t-elle à l'automne prochain? Qui le sait? Le maître lui-même l'ignore. Tout dépendra des hasards et des chances de l'exploitation; car le sabotier est pareil à l'alouette des champs : il ne fait pas deux fois son nid dans le même sillon. Il parcourt successivement tous les cantons de la forêt, s'arrêtant là où une coupe va être exploitée et où il trouve à faire un bon marché. Il a bien, là-bas, dans quelque village voisin, une maison au vieux mobilier poudreux, mais il ne l'habite guère que dans les mortes-saisons, et ne s'y retire définitivement que pour dormir son dernier sommeil.

Cette année, l'installation est à souhait. On se trouve à l'aise au fond de cette combe verte et paisible, à deux pas de la coupe, où se dressent les arbres achetés sur pied et marqués du marteau de l'adjudicataire. Ce sont de beaux hêtres, dont les ramures grises se détachent nettement sur le ciel bleu d'avril. Ils ont 50 pieds de fût, 1 mètre de circonférence à la fourche des branches, et chacun peut donner six douzaines de sabots. Il y a aussi, dans le lot, quelques pieds de tremble, d'aulne et de bouleau; mais le sabotier n'en fait pas grand cas. Les sabots qu'on fabrique avec ces essences sont à la vérité moins cassants, mais leur bois est spongieux, et l'humidité le pénètre facilement. Les sabots de hêtre, à la bonne heure! Ils sont élégants et légers, et le pied s'y tient sec et chaud, en dépit de la neige et de la boue.

Donc toute la troupe est en mouvement dans la combe. Sur le seuil de la loge, les femmes jasent en reprisant les vêtements déchirés. Les hommes abattent les arbres au ras de terre avec la grande cognée. Chaque corps d'arbre est scié en *tronces* de 30 à 35 centimètres de haut, et si les billes sont trop grosses, on les fend en quartiers avec le *coutre*. Un premier ouvrier ébauche le sabot à la hache, en ayant soin de donner une courbe différente, pour le pied gauche ou le pied droit; puis il passe ces ébauches à un second compagnon, qui commence à les percer à l'aide de la vrille, et qui évide peu à peu l'intérieur au moyen d'un instrument qu'on nomme la *cuiller*. Pendant toute cette besogne, l'atelier bavarde et chante, car le sabotier n'engendre point la mélancolie comme son voisin le charbonnier; les muscles continuellement en action, le travail en pleine lumière après une bonne nuit de sommeil, tout cela vous met en appétit et en belle humeur. Le sabotier chante comme un loriot, tout en fouillant le bois tendre d'où sortent de blancs copeaux, fins et lustrés comme des rubans; et l'ouvrage se façonne au milieu des rires et des refrains rustiques.

Les premiers sabots, les plus grands, sont fabriqués dans les larges *tronces* voisines de la souche. Ceux-là chausseront les pieds robustes du travailleur qui, dès l'aube grise, s'en va par la pluie et le vent vers son atelier. Aux premières heures du matin, ils retentiront sur le pavé de nos rues désertes, aux pieds des balayeurs ou des paysans qui viennent au marché, et nous autres paresseux, qui les entendrons à travers un demi-sommeil, nous nous pelotonnerons dans notre lit douillet, et, tout en nous enfonçant dans nos couvertures, nous donnerons une pensée émue à tous ceux pour qui la vie est dure et pleine de combats.

Dans les troncos moyennes sont taillées les chaussures des femmes : le sabot solide, toujours en mouvement, de la ména-gère, et le sabot plus léger et plus mignon de la jeune fille. Celui-ci, on l'entend partout battre le sol avec un bruit allègre, sonore et rapide comme la jeunesse : sur les dalles du lavoir, autour du bassin de la fontaine, pendant le jour ; et la nuit, dans le sentier pierreux qui mène au *veilloir.*

A mesure qu'on arrive au dernier tiers du fût de hêtre, les billes se raccourcissent. On y taille les sabots du petit pâtre qui s'en va dans les longues friches nues à la suite d'un troupeau de vaches, et qui s'amuse tout le jour à voir monter dans l'air calme la fumée droite et bleue d'un feu de broussailles. On y façonne aussi les sabots de l'écolier, mais ceux-là ont une exis-tence aussi *courte* qu'agitée ; et quelles allures fantasques, quelle musique et changeante !... Lors de l'entrée à l'école, leur bruit lent et mélancolique a l'air de se traîner sur les pavés ; mais quelle revanche à la sortie, quel tapage assourdis-sant et joyeux !

Les dernières billes sont réservées pour les *cotillons,* c'est-à-dire pour les sabots des petits enfants. Ceux-là ont le meil-leur lot ; ils sont choyés et fêtés, surtout aux lendemains de la Saint-Nicolas ou de la Noël, quand, après une nuit passée sous le manteau de la cheminée, on les rapporte tout pleins de jou-joux et de bonnes choses. Et puis, eux, ils ne fatiguent guère et on les use rarement. Dès que le pied du marmot a grossi, on les garde précieusement dans un coin de l'armoire, comme on garde la première dent de lait ou la robe de baptême. Long-temps après, quand le *petit* est devenu un homme, ou quand sa place est vide dans la maison, la mère tire le mignon sabot de

sa cachette et le montre pieusement, — parfois avec un sourire, trop souvent aussi avec les yeux pleins de larmes...

Tout en creusant le bois, nos sabotiers chantent toujours, et
les billes se transforment rapidement entre leurs mains. Une
fois le sabot évidé, et dégrossi à la *rouette*, le *perceur* en ébarbe
les bords, puis le passe à un troisième ouvrier, chargé de lui
donner la dernière façon à l'aide du *paroir*, qui est une sorte
de couteau tranchant, fixé par une boucle à un banc solide. Ce
troisième compagnon est l'artiste de la bande; il finit et polit
le sabot, sur lequel il grave, lorsqu'il s'agit d'une chaussure fé-
minine, une rose ou une primevère, selon sa fantaisie. Il pousse
même parfois le raffinement jusqu'à découper à jours le bord
du cou-de-pied, de façon que les dentelures du bois laissent
transparaître le bas bleu ou blanc de la coquette qui chaussera
ce sabot de luxe.

A mesure qu'ils sont achevés, les sabots sont déposés dans la
loge, sous un épais lit de copeaux qui les empêche de se fendre ;
puis, une ou deux fois la semaine, les apprentis les exposent à
un feu de copeaux verts qui les enfume, durcit le bois et lui
donne une chaude couleur brun doré.

La besogne se poursuit de la sorte jusqu'à ce que tous les
arbres aient été employés. Alors on lève le camp. Adieu la
combe verdoyante et le ruisseau babillard où les merles viennent boire ! On charge les mulets et on part à la recherche
d'une exploitation nouvelle. Ainsi, toute l'année, la forêt rever-
die ou jaunissante, semée de fleurs ou jonchée de feuilles sèches, entend dans un de ses coins l'atelier bourdonner comme
une ruche, et les sabotiers façonner gaiement par douzaines
cette commode et primitive chaussure, — simple, salubre et
sérieuse comme la vie rustique elle-même.

L'ÉCUREUIL

I

Il était sept heures et demie du soir. En dépit du proverbe qui dit « qu'à la Chandeleur, les jours grandissent d'une heure», il faisait déjà nuit serrée. Nous nous trouvions réunis dans la salle à manger, attendant le souper, qu'on servait chez nous à huit heures. Un joli feu de souches de hêtre clairait dans la cheminée; une bonne lampe modérateur mettait sur la table de toile cirée un cercle lumineux, et au plafond noir, un rond de clarté dorée et dansante. Ma mère tricotait un bas de laine; mon père, — il était juge de paix à Varennes, — relisait la feuille d'audience que le greffier venait de lui apporter, et moi, perché sur un haut tabouret, la plume entre les dents, les doigts barbouillés d'encre, je feuilletais rapidement mon dictionnaire latin, afin de me débarrasser d'une version de l'*Epitome* que je devais soumettre le lendemain à l'abbé Gerdolle, notre vicaire. Une douce tranquillité remplissait la salle, une tranquillité où de menus bruits se fondaient, augmentant encore le sentiment de quiétude et de sécurité qui nous possédait tous : — bruits intermittents et semblables à ceux qu'on entend au travers d'un rêve; — froissement des feuillets, cliquetis des aiguilles, pétillement de la braise, et au loin, sur la route, tintement des sonnailles du courrier de Verdun qui entrait dans le bourg.

J'en étais à la phrase finale de ma version : *septima die autem quievit*, et je m'apprêtais à me reposer à mon tour, après avoir mis au bas de la page une fioriture compliquée, en guise

de paraphe; ma mère roulait déjà son bas autour de la pelote
de laine et y piquait ses aiguilles, tandis que mon père, ayant
achevé sa révision, repliait ses lunettes dans leur étui, quand
un coup de sonnette à la porte de la rue nous fit dresser la
tête à tous.

— Qui diantre cela peut-il bien être? dit mon père en ti-
sonnant.

— Une belle heure pour venir chez le monde! ajouta ma
mère, qui n'était pas endurante et n'admettait pas qu'on dé-
rangeât son mari au moment du souper. — Nous entendîmes
des chuchotements et un piétinement dans le corridor, puis
la porte de la salle fut vivement poussée par notre servante
Scolastique :

— Monsieur Michel, s'écria-t-elle de sa voix grognonne,
voilà un voyageur qui demande après vous!

Et derrière le dos de notre domestique, une voix d'homme,
une voix aux notes à la fois sourdes et timides, bredouilla : —
C'est moi, Justin, mon camarade!... C'est moi qui viens te
faire une petite visite...

Mon père, qui avait empoigné la lampe et l'avait soulevée
de façon à en faire tomber à plein la lumière sur le visiteur,
la reposa brusquement sur la crédence, en poussant une
exclamation mélangée d'étonnement et de joie cordiale;
puis il alla au-devant du nouveau venu, et lui sautant au
cou :

— C'est le cousin Bastien! s'écria-t-il... Ah! par exemple,
voilà une surprise!... Entrez donc vite, cousin!... Scolastique,
prenez sa valise et débarrassez-le de son manteau. — Il se
tourna ensuite vers ma mère et prenant le bras du voyageur :

— Eulalie, ma chère, voici le cousin Bastien, un vieil ami de
la famille... Il m'a fait sauter sur ses genoux, et je t'ai
souvent parlé de lui... Cousin, voici ma femme et mon
petit Joseph qui va déjà sur ses dix ans... Allons, qu'on
s'embrasse et qu'on donne le fauteuil au cousin!... Il doit

être gelé... Scolastique, vous allongerez votre souper, ma fille!...

Pendant ce temps, j'examinais avec de grands yeux ce cousin inconnu. Il avait posé à terre sa valise, — une antique valise ronde et oblongue en cuir, avec deux courroies qui la bouclaient sur le côté. — Il avait enlevé sa houppelande brune, serrée à la taille et ornée de cinq ou six petits collets, et je vis un vieillard d'une soixantaine d'années, grand, mince, courbé comme une faucille et vêtu d'une redingote de lasting couleur noisette. Il avait le cou serré dans un col cravate, d'où surgissait une figure maigre, rasée, pâlotte avec des yeux bleus aux paupières rouges, et des cheveux déjà blancs. Il s'excusait timidement d'arriver à une heure aussi avancée, et je m'étonnais fort d'entendre sa grosse voix sourde et triste sortir de ce long corps mince et incliné comme un jonc.

Mon père l'avait installé commodément dans notre fauteuil Voltaire, et ma mère avait jeté une *charpagnée* de souches dans le brasier qui pétillait gaîment. Le cousin, assis sur l'extrême bord du siège, souriait d'un sourire craintif et présentait à la flamme ses mains maigres et effilées comme toute sa personne.

— Je suis heureux... bien heureux de te voir, bredouillait-il d'une voix encore grelottante, car il avait voyagé sur la banquette du courrier, et l'air du dehors était morfondant.

— Vous avez eu une excellente idée de penser à nous, et votre visite me fait grand plaisir, répondit mon père; mais pourquoi ne nous avoir pas prévenus?

— Tu sais, reprit le cousin, je ne me suis décidé qu'au dernier moment, et je suis venu en passant.

— En passant?... Où allez-vous donc?

— Oh! nulle part, répliqua-t-il naïvement; puis il ajouta avec son sourire triste: — Quand je voyage, moi, ce n'est pas pour arriver, c'est pour changer de place... Je n'ai jamais de but.

— Pourtant, cousin Bastien, objecta mon père en riant, vous avez bien un domicile quelque part, où vous retrouvez vos habitudes et votre chez vous?

— Je n'ai plus de chez moi, mon ami, je vis comme un camp-volant.

— Eh bien, et votre maison du Val-des-Écoliers, où j'ai fait de si bonnes parties, quand j'étais collégien et que vous étiez mon correspondant?

— Je ne l'habite plus depuis longtemps, tu sais, depuis... Ne parlons pas de ça, soupira le bonhomme en se passant les mains sur le front, parlons de toi, mon brave Michel!... Quand j'ai reçu ta lettre de bonne année, j'étais à Dourmont. Tout d'un coup, je me suis rappelé le bon temps jadis et je me suis dit : Si j'allais voir ce qu'est devenu ce grand garçon-là?... Alors j'ai bouclé ma valise... Mes déménage-ments ne sont pas longs à faire. Tout mon mobilier tient dans une grosse malle que je mets en pension dans un grenier d'auberge... Je prends mon manteau et me voilà parti.

Ma mère le regardait d'un air ébahi. — Sapristi! s'exclama mon père, mais c'est une existence de Juif-Errant!... Voilà une vie à laquelle je ne m'habituerais pas volontiers, ni toi non plus, n'est-ce pas, Eulalie?

— Je comprends, je comprends... murmura M. Bastien en hochant la tête; toi, mon brave, tu as femme et enfant; ce sont des liens qui attachent au sol, ce sont des points d'appui autour desquels les habitudes poussent comme des plantes grimpantes qui vous enlacent... Moi, je n'ai plus d'habitudes... je suis une plante sans racines... Sans racines! répéta-t-il de sa grosse voix.

C'était comme la résonnance d'un écho profondément triste, et cela me donna un frisson d'angoisse rapidement calmé par

la réflexion égoïste qui vint ensuite, à savoir que j'avais un
chez moi, un bon feu clair pour me réchauffer chaque soir, et
un bon souper qui m'attendait. Ce retour sur moi-même et la
comparaison de ma facile existence avec la vie nomade du cousin Bastien me procura une douce sensation, analogue à celle
qu'on éprouve, lorsque, enfoncé dans un lit bien clos et bien
douillet, on entend la pluie et le vent faire rage au dehors.
En écoutant la plaintive parole du cousin, je fermais à demi
les yeux, et n'apercevant plus que vaguement la réchauffante
lueur du brasier, je me blottissais plus voluptueusement entre
les genoux de mon père.

Ma mère s'était esquivée du côté de la cuisine pour presser
le souper et veiller à la confection de quelque plat de supplé-
ment. Nous entendions le pas posant de la grosse Scolastique
qui allait et venait, ouvrant et refermant les armoires. On re-
muait des assiettes, on soulevait des couvercles de casserole,
et le son mat d'une fourchette battant des œufs en neige m'entr'ouvrait une perspective d'entremets sucrés, qui me faisait
sourire intérieurement à la visite inattendue du cousin Bastien.

Celui-ci, les coudes appuyés aux bras rembourrés du fauteuil, les jambes étendues sur les chenets, les yeux cligno-
tants, semblait également gagné par l'atmosphère de bien-être
répandue dans la salle à manger. De temps en temps, la porte
de communication s'ouvrait; Scolastique encore alerte malgré
son embonpoint envahissant, couvrait la table d'une nappe à
liteaux rouges, disposait les assiettes, coupait le pain, façonnait
les serviettes en bonnet d'évêque; et une friande odeur de ca-
ramel nous arrivait de la cuisine par bouffées.

Le cousin Bastien ramena sous le fauteuil ses jambes maigres
que l'ardeur de la braise rôtissait à travers la trame mince
du pantalon, et, relevant la tête, me regarda d'un air bonhomme.

— Il a bonne mine, ton garçon, cousin Michel; je suis sûr

8

que c'est un brave enfant... Il est grand et fort pour un gamin de dix ans.

— Mauvaise herbe pousse toujours vite, répondit mon père; c'est un diable qui nous fait endêver du matin au soir.

— Viens un peu me voir, petit, me dit le cousin en m'attirant à lui, j'aime les enfants... Tu n'as pas peur de moi, n'est-ce pas?

— Non, monsieur, répliquai-je en le dévisageant avec la curiosité impertinente du premier âge. — Je le trouvais tout de même un peu grotesque, notre cousin! Son corps long et maigre, son vêtement râpé, sa figure blême aux paupières éraillées ne m'imposaient pas le moins du monde, et, dans mon irrévérencieux jugement de gamin, je ne le prisais pas à une haute valeur. Les enfants ont cela de commun avec les chiens et les domestiques, qu'ils jugent les gens sur la mine, et qu'ils ont une instinctive répugnance pour les visiteurs pauvrement vêtus. Cependant je condescendis à ce que le cousin me prît sur ses genoux. Il m'enleva comme une plume, me maintint d'un bras sur ses cuisses étiques dont les os saillants me causaient une impression désagréable, et effleura légèrement d'une main discrète mes cheveux qui bouclaient naturellement.

— Quels beaux cheveux blonds! soupira-t-il, c'est de soie... j'aime à caresser les cheveux d'enfants... Cela me rappelle l'ancien temps... J'ai connu un garçon qui avait des cheveux bouclés comme les tiens, petit... Te souviens-tu de lui, Michel?

A cette question, mon père avait pris une contenance à la fois compatissante et embarrassée, un de ces airs qu'on se donne en entrant dans une maison où l'on va faire une visite de condoléance.

— Oui, dit-il, en baissant la voix, je me rappelle le temps où nous faisions ensemble le réveillon de Noël chez vous...

Le cousin, sans s'arrêter à sa réponse, continuait en fixant sur le brasier ses yeux songeurs : — Quand il était petit, je le tenais sur mes genoux comme je tiens ton garçon. Il regardait le feu de notre cuisine où des châtaignes grillaient sous la cendre, et quand l'une d'elles, mal fendue, éclatait tout d'un coup dans la braise, comme un pétard, c'étaient des effarements et des rires... J'ai encore le son clair de ce rire-là dans les oreilles. Ah! le souvenir, une chose douce et navrante tout à la fois!... Quel espiègle c'était, Michel! vif comme la poudre!...

— Oui, reprit mon père en s'animant, et leste comme un écureuil...

La figure de M. Bastien devint tout d'un coup presque tragique, et mon père se mordit les lèvres comme s'il eût lâché une sottise.

Il y eut un si profond silence que le son de la pendule me parut tout à coup avoir décuplé de volume. En même temps il me sembla que M. Bastien était pris d'un hoquet subit, tandis qu'une goutte tiède me tombait sur la joue. Je relevai la tête et vis avec étonnement deux gouttes pareilles suspendues aux cils du bonhomme...

— Voilà la soupe, s'écria au même moment Scolastique en entrant et en posant sur la nappe une soupière fumante d'où s'exhalait une savoureuse odeur de choux et de poireaux.

— Monsieur Bastien, dit ma mère en arrivant à son tour, nous avons justement une *potée*... Quand on a voyagé à l'humidité, il faut prendre quelque chose de chaud, et la *potée* vous rappellera la Haute-Marne... C'est le plat du pays.

11

Le cousin Bastien était venu pour huit jours; il se plut si bien chez nous que le carnaval l'y trouva encore. Il ne parlait plus de partir. Au commencement de mars, il prit mes parents en particulier, et, après force façons cérémonieuses, il leur demanda comme une grâce la permission de demeurer avec nous, moyennant le paiement d'une petite pension. Pour lui enlever tout scrupule et le mettre à l'aise, mon père consentit à cet arrangement, et on l'installa au premier étage dans une chambre qui donnait sur le jardin. C'était une pièce très modestement meublée de quelques chaises, d'un lit de noyer, d'un bureau massif en chêne noirci, et tapissée d'un papier bleu commun. D'autres l'auraient trouvée trop nue; elle plaisait précisément au cousin par son extrême simplicité. Même il avait obtenu de ma mère que Scolastique enlevât les rideaux de la croisée.

— J'aime, disait-il, à voir en m'éveillant le ciel à travers les vitres; du reste, il y a là un grand acacia dont les branches frôlent ma fenêtre, et dont le feuillage en été sera un rideau suffisant.

Bien qu'il payât très exactement cette pension mensuelle dont j'ai parlé, il se croyait encore notre obligé, et s'ingéniait à reconnaître notre hospitalité en nous rendant quantité de petits services. Il écussonnait des rosiers, dévidait les écheveaux de ma mère, servait de secrétaire à mon père et me faisait répéter mes leçons. Très timide, d'une discrétion excés-

sive, il marchait comme sur des œufs, écartait les pans de sa
redingote lorsqu'il passait près d'un meuble, et ne disait
jamais un mot plus haut que l'autre. Ses journées étaient
réglées comme par une horloge : dès le matin, après avoir avalé
une tasse de lait chaud, il allait entendre la première messe à
l'église Saint-Nicolas, et au retour il s'enfermait dans sa
chambre jusqu'au repas de midi ; après dîner, il fumait lentement une pipe de terre, et pour cela il se cachait comme s'il
eût commis un péché.

Cette fumerie de midi était son seul plaisir, et encore nous
remarquâmes qu'à partir du mercredi des Cendres jusqu'à
Pâques, il se priva de cette innocente volupté par esprit de
pénitence.

Nous l'aimions tous, même Scolastique, qui cependant n'avait
pas l'engouement facile, et il nous rendait amplement notre
affection.

— Je suis si heureux, répétait-il un jour à ma mère, si
heureux, d'avoir retrouvé une famille !...

En même temps il passait amicalement sa main sur ma tête.

— Ah ! les enfants, soupira-t-il, j'en étais fou autrefois !... je
les aime encore, malgré tout...

Puis il s'éloigna brusquement comme pour prévenir une
question.

— Le pauvre homme ne se consolera jamais, murmura ma
mère, quand la porte se fut refermée sur le cousin. Quel
malheur ! perdre un fils tout élevé !...

— Oui, reprit mon père, un garçon de dix-sept ans, et le
perdre de cette façon !...

De quelle façon le cousin avait-il donc perdu son fils? Je me
le demandais souvent en regardant à la dérobée la figure maigre
et les yeux rougis de M. Bastien, et j'aurais bien voulu questionner là-dessus mon père et ma mère, mais ils éludaient l'un
et l'autre mes questions et se renfermaient dans une mystérieuse réserve. Scolastique elle-même, bien qu'elle eût l'habi-

tude d'écouter aux portes, n'en savait pas plus long que moi.
Le cousin du reste n'aimait pas à parler de l'époque de sa vie
où cet évènement avait eu lieu. Dès qu'à certains tours de la
conversation il pressentait qu'il pourrait être amené à toucher
ce sujet pénible, il rompait les chiens et ne soufflait plus mot.
Alors, pendant des heures, il restait distrait et taciturne. On
avait peine à lui arracher une parole, et ce morne silence causait une impression douloureuse; on devinait que les tristes
souvenirs d'autrefois le hantaient comme des fantômes, et que
s'il redoutait de les voir évoqués par d'autres, ce n'était point
pour y échapper, mais par une sorte de religieux respect,
par crainte de les voir profanés dans une conversation
banale.

Ce qui me confirmait dans cette opinion, c'est qu'à certains
jours de l'année, surtout aux veilles des fêtes, l'humeur de
M. Bastien se modifiait visiblement, son caractère si égal d'ordinaire devenait bizarre et irritable. Il demeurait des après-
midi entières confiné dans sa chambre, qu'il fermait à double
tour. Ces jours-là, quand on passait sur le palier du premier
étage, on était tout étonné d'entendre dans la chambre bleue
des fragments de conversation et des éclats de voix, comme si
M. Bastien se fût entretenu avec quelqu'un; parfois même à
ces propos murmurés d'une voix enfantine et caressante suc-
cédaient de longs soupirs et des sanglots étouffés.

—Allons, grognait la grosse Scolastique en descendant les
marches sur la pointe des pieds, voilà M. Bastien qui est dans
ses lunes!... Oh bien! je n'ai pas besoin de me casser la tête
pour chercher ce que je lui donnerai ce soir à souper... Dans
ces moments-là, on lui servirait des coquecigrues, qu'il ne s'en
apercevrait tant seulement pas!

C'était sans doute à ce culte persistant pour l'enfant qu'il
avait perdu, que je devais l'affection tou · · spéciale que me pro-
diguait le cousin. Mes espiègleries d'écolier curieux et indisci-
pliné, mes continuelles gambades à travers la maison et le

jardin, lui rappelaient évidemment les choses d'autrefois. Ce n'était pas moi qu'il voyait, c'était l'enfant toujours pleuré en secret que mes sauteries, mes jeux, mes bavardages, lui remettaient devant les yeux. Il me savait gré de le ramener, sans m'en douter, aux jours heureux de sa vie, à l'époque lointaine dont il n'aimait pas à parler, et à laquelle il pensait toujours. Il me passait toutes mes fantaisies, et je l'avais insensiblement amené à faire avec moi d'interminables parties de billes, où je trichais d'une façon éhontée, sans qu'il eût l'air de s'en apercevoir.

Quand la belle saison revint, et que les merles recommencèrent à siffler au fond de nos charmilles, le cousin me prit pour compagnon de ses longues promenades dans la campagne. Après midi, aussitôt ma version ou mon thème bâclé, M. Bastien mettait en poche un gros couteau à manche de corne et un solide chanteau de pain de ménage, puis nous partions. Quelles bonnes courses nous faisions alors à travers bois! Notre forêt d'Argonne commence à une demi-lieue de Varennes. Elle est accidentée à souhait et pleine de surprises. Partout des sentiers taillés en escalier dans le roc; des gorges étroites aux talus sablonneux, où croissent des houx et des genêts, et au fond desquelles bourdonnent de rapides ruisseaux, que les pluies d'hiver changent en torrents; puis, sur les hauteurs, parfois les chênes et les charmes plus clairsemés s'écartent pour laisser voir entre leurs massifs une longue perspective de côtes grises, à l'extrémité desquelles le bourg de Montfaucon apparaît, perché à la cime de sa montagne pelée.

Pendant ces tièdes après-midi de printemps, tout semblait se mettre de la partie pour nous faire fête. Les primevères et les anémones sylvies revêtaient d'un tapis blanc et jaune les flancs des ravins; les pommiers sauvages éparpillaient sur nos têtes les fleurons roses de leurs branches épanouies; une balsamique odeur de pins emplissait l'air, et tous les petits oiseaux des grands couverts; mésanges, sitelles et pouliots, nous réjouissaient avec les notes répétées de leur musique ténue et rapide. Bien qu'il marchât le dos voûté et le nez penché vers le sol, le cousin ne perdait rien des détails intimes de la vie forestière, et il me faisait tout remarquer.

— Tiens, me disait-il, regarde cet arbuste tout couvert de grappes couleur de carmin, c'est le daphné *garou*, une des raretés de la flore de l'Argonne... Et à l'extrémité de cette branche, cette excroissance qui semble faite avec des feuilles de papier gris, c'est un nid de guêpes... Admire comme ces insectes-là travaillent !... Et ce n'est rien encore auprès des grandes fourmilières, comme celle que tu vois là-bas avec son cône formé par des milliers d'aiguilles de pin. Le monde des bois est plein de merveilles, mon camarade !

Parfois nous nous asseyions, jambes pendantes, au-dessus d'un ruisseau. M. Bastien prenait son couteau, taillait une branche de saule, en battait l'écorce juteuse avec précaution pour la faire glisser sur le bois, et fabriquait adroitement une sorte de rustique pipeau, qu'il posait sur ses lèvres. Il en tirait des sons égaux, très doux et mélancoliques ; c'était avec un plaisir toujours nouveau que j'écoutais cette plaintive mélodie monter lentement vers les hautes branches de la forêt silencieuse. Je regardais la singulière figure que faisait le cousin, enflant et rentrant alternativement ses joues pâles soigneusement rasées ; j'éprouvais une joie tranquille en suivant les modulations peu variées de cette musique primitive.

Une des nombreuses manies de M. Bastien consistait, lorsque nous étions dans un sentier, à le suivre infatigablement « pour voir le bout », disait-il. Cela nous entraînait parfois fort loin.

Un soir de juin, nous étions allés ainsi presque en vue du village de La Chalade, quand, au carrefour de la *Grande-Chevauchée*, nous aperçûmes, au pied d'un hêtre, deux petits paysans très affairés à regarder nous ne savions quoi. En nous approchant, nous vîmes trois écureuils encore tout jeunets,

que l'un des gamins avait été dénicher dans un creux formé à
l'une des fourches du hêtre. Ils avaient à peine huit jours ;
deux étaient complétement roux, la troisième légèrement mou-
cheté de noir.

— Oh ! cousin Bastien, m'écriai-je émerveillé, des écureuils,
venez voir !

Le cousin tressaillit tout d'abord, puis interpellant les deux
gamins d'une voix sévère :

L'ÉCUREUIL.

— Drôles, dit-il, pourquoi avez-vous déniché ces malheureuses bêtes ?

Les enfants, surpris, se bornaient à nous regarder et à se
gratter la tête sans répondre.

— Vous serez bien avancés, continua le cousin, quand ils
seront morts de faim, car vous ne saurez pas les nourrir.

— *Veulé-v' les acheti?* répondit en patois le plus effronté
des deux garnements, en clignant de l'œil d'une façon peu res-
pectueuse pour M. Bastien.

Cette proposition m'avait tout allumé. Je tâtai le fond de
ma poche, où se trouvaient cinq sous mêlés à mes billes, et

tournant vers mon compagnon des yeux pleins de convoitise :

—Oh! cousin, m'écriai-je, achetons-les, je les apprivoiserai. Tenez, j'ai des sous!

Mais M. Bastien hochait la tête en signe de dénégation.

— A quoi bon? murmura-t-il, tu ne pourras non plus les nourrir; ils tettent encore, et, une fois dans ta chambre, ils crèveront de faim et de froid.

— Nenni, j'en aurai grand soin, vous verrez... je leur ferai boire du lait moi-même.

A force d'obstination et de prières, je triomphai de l'opposition du cousin, qui se laissa fléchir. Il songea sans doute qu'entre les mains des deux drôles le sort des écureuils serait encore pire qu'entre les miennes, et ce motif d'humanité l'emporta sur ses répugnances. Le marché fut conclu. M. Bastien donna en rechignant dix sous aux petits paysans, qui s'éloignèrent enchantés.

Je me décoiffai, et je déposai les trois jeunes écureuils au fond de ma casquette, après leur avoir dressé préalablement un douillet lit de mousse.

Nous revînmes à Varennes, M. Bastien cheminant lentement et poussant de bruyants soupirs; moi lui emboîtant le pas et tenant avec force précautions ma casquette dans mes deux mains. Je me sentais si heureux de ma trouvaille, que j'étais presque choqué du mutisme du cousin. Il ne partageait nullement mon enthousiasme; au contraire, il paraissait soucieux, et vingt pas plus loin il s'arrêta indécis, en murmurant :

— J'ai eu tort de te laisser prendre ces bêtes... Si j'étais assez leste pour grimper à l'arbre, j'y retournerais volontiers pour les replacer dans leur trou.

— Oh! cousin! m'exclamai-je, suffoqué et indigné.

— Je n'aime pas qu'on enferme les animaux, sous prétexte de les apprivoiser... Oui, je me repens d'avoir pris ces écu-

reuils, il ne nous en arrivera rien de bon, tu verras... L'écureuil
est une bête qui ne porte pas chance aux gens !...

— Pourquoi ?

Il ne répondait pas et s'était remis à marcher, les mains
sous les basques de sa redingote noisette, le dos voûté, le nez
penché vers le sol. Ses mâchoires s'agitaient avec une grimace
pareille à celle d'un lapin qui rumine ; il poussa un
nouveau soupir et marmotta, comme s'il se parlait à lui-
même :

— J'ai connu quelqu'un qui a cruellement pâti d'avoir gardé
chez lui un écureuil.

Le son de sa voix était devenu plaintif. Je m'étais rapproché,
flairant une histoire, et je marchais maintenant de niveau avec
lui dans l'étroit sentier bordé de fraisiers sauvages. J'aimais les
histoires du cousin Bastien ; elles étaient toujours amusantes,
il les disait avec un tel accent de bonhomie naïve qu'on sentait
bien qu'elles avaient dû arriver, et cela en doublait l'intérêt.
Seulement, lorsqu'il était en humeur de conter, il fallait se
garder de le presser en lui adressant des questions indiscrètes,
car alors il s'arrêtait net et retombait dans son mutisme. On
n'avait qu'à demeurer coi et à l'écouter rêver tout haut.

— Oui, poursuivit-il, celui dont je parle avait eu longtemps
un écureuil, puis, l'animal étant mort, on l'avait fait empailler,
et il ornait une des consoles de la salle à manger. Le maître de la
maison avait un fils, un beau garçon de dix-sept ans, remuant
et espiègle comme toi, Joseph...

— Comment s'appelait-il, cousin ?

— Il s'appelait *La Bise*... C'était un surnom qu'on lui avait
donné à cause de sa pétulance... Aux vacances, lorsqu'il rentrait du collège, la maison devenait joyeuse et très vivante. Les
camarades de *La Bise* venaient le visiter, et on faisait des parties
de chasse. Le père accompagnait les jeunes gens et chassait
avec eux. La chasse était sa passion, à cet homme, une passion
malheureuse, car il était fort mauvais tireur, manquait les plus

belles pièces et revenait bredouille, ce qui amusait fort cette
jeunesse, toujours disposée à rire des vieux. Un jour qu'on
partait pour une chasse au bois, après avoir bien déjeuné, La
Bise, en quittant la salle à manger, avisa l'écureuil sur la con-
sole. Une idée de gamin lui traversa le cerveau; il détacha de
son perchoir l'animal empaillé, le mit dans son carnier, et
tandis que les chasseurs avaient le dos tourné, il grimpa jusqu'à l'une des maîtresses branches d'un hêtre qui se dressait
à la corne du taillis, et y fixa l'écureuil à l'aide d'un fil de fer...
On battit le bois toute l'après-midi, chacun tua son lièvre, sauf
le père, qui fit buisson creux, selon son habitude. Ils s'en reve-
naient tous au logis, le soir, les jeunes gens très joyeux, lui
l'oreille basse, quand, à la lisière de la forêt, La Bise tira doucement le pan de la veste du père :

— Papa, dit-il à mi-voix, un écureuil, là, sur ce *fayard!*

— Oui, je le vois, murmura l'autre, enchanté de pouvoir,
avant de rentrer, décharger son fusil sur un gibier quelconque; laissez-moi, mes camarades, je vais lui régler son
compte !

En même temps, pendant que les jeunes gens faisaient cercle
autour de lui, il épaula, visa lentement et tira ses deux coups
sur l'écureuil, qui reçut la volée de plomb et pirouetta.

—Touché ! s'écria-t-il triomphant. Quand la fumée fut dissi-
pée, il vit que la bête avait glissé autour de la branche et s'y
maintenait pendue la tête en bas.—Ah ! tu te raccroches, murmura-t-il, attends, attends !... — Il mit fiévreusement double
charge dans les deux canons du fusil, et tira l'un des deux
coups, qui fit voler le poil de la bête. — Mais elle ne tombait
toujours pas, c'était étrange ! — Alors, s'adressant à un gamin
qui avait servi de *rabatteur*, il lui ordonna de monter à l'arbre
et de lui rapporter l'écureuil. Celui-ci s'exécuta, il y eut un moment de silence, puis d'en haut l'enfant cria d'une voix gogue-
narde :

—M'sieu, l'écureuil est attaché!

— Comment, attaché ?

— Ma parole, m'sieu, il est empaillé... Tenez, le v'là !

Et la bête tomba aux pieds du père, qui recounut l'écureuil de la salle à manger.

A ce moment la chose me parut si drôle, que je ne pus retenir un éclat de rire. M. Bastien me lança un regard attristé.

— Tu trouves cela plaisant, n'est-ce pas ? reprit-il ; les autres aussi riaient, ils se tenaient les côtes... Mais celui qu'on mystifiait ne riait pas, lui. Il avait mauvais caractère et s'emportait facilement. Furieux d'être ainsi joué en public, il fut pris d'un de ses accès de méchante colère, et voyant son fils qui riait plus haut que les autres : Ah! garnement, lui cria-t-il, je t'apprendrai à te moquer de moi ! — Ne se possédant plus, il courut vers La Bise, mais celui-ci, plus leste, l'esquivait tout en le narguant de ses mines espiègles, et tournait autour des buissons. L'autre, aveuglé par l'irritation, brandissait nerveusement son fusil, dont l'un des canons était encore chargé. Il se jeta à travers deux cépées de noisetiers pour essayer de joindre le mauvais plaisant ; soudainement le fusil s'accrocha, le coup partit, et La Bise poussa un cri déchirant.

— Ah! mon Dieu, m'écriai-je à mon tour, est-ce qu'il était blessé?

— Il avait reçu la charge en plein poumon, et si violemment, qu'il en mourut le lendemain, reprit M. Bastien d'un air sombre.

Il s'était redressé ; sa figure avait de nouveau cette expression tragique que j'avais remarquée le soir de son arrivée chez nous. Entre les arbres, le soleil se couchait et, sur le ciel rougi, le maigre profil du bonhomme se découpait nettement. Il leva un moment ses deux longs bras, puis les laissa retomber contre son corps. Le silence était devenu profond. L'attitude navrée du cousin, les couleurs sanglantes du ciel, le funèbre dénouement de cette histoire à la fois terrible et burlesque, tout cela joint à l'impression anxieuse produite sur les enfants par la venue du crépuscule dans les bois, m'avait fait passer un frisson dans le dos. Je serrais avec inquiétude contre ma poitrine la casquette où dormaient les trois jeunes écureuils, et, devinant que M. Bastien était sous le coup de quelque mystérieuse émotion, je n'osais plus articuler une parole.

Et ainsi, à travers la nuit tombante, nous regagnâmes silencieusement la maison.

III

— Sainte mère de Dieu! monsieur Joseph, quel gibier nous rapportez-vous là? s'écria Scolastique lorsque nous entrâmes dans la cuisine, et qu'à la lueur de sa petite lampe elle distingua le grouillement fauve des trois animaux au fond de ma casquette.

Je répliquai de ma voix la plus cajoleuse : Ce sont des écureuils, Scolastique; n'ayez pas peur, c'est moi qui les élèverai... Seulement, si vous étiez bien gentille, vous nous donneriez un peu de lait chaud.

— Du lait chaud! vraiment, pour ces bêtes-là?... Ça n'a pas de bon sens!... Est-il Dieu possible, monsieur Bastien, vous qui êtes un homme raisonnable, que vous ayez laissé cet enfant rapporter de pareilles vilenies dans sa casquette?... Ce sont des bêtes qui sentent mauvais et qui rongent tout!... Patience, quand monsieur Michel rentrera, il aura tôt fait de les jeter dehors... Des écureuils?... Il ne nous manquait plus que ça!

Le cousin dut intervenir pour calmer l'exaspération de notre grondeuse Scolastique. Malgré ses préventions contre les écureuils, le brave homme pensait sans doute que, lorsqu'on a commis une sottise, il faut avoir le courage d'en subir les conséquences. Je ne sais comment il s'y prit pour amadouer notre servante, mais il finit par obtenir d'elle une tasse de lait. Nous portâmes notre trouvaille dans ma chambre et il me montra comment il fallait procéder pour sustenter ces trois malheureuses bêtes, qui jusque-là n'avaient pris de nourriture qu'au sein de leur mère. Il imbiba de lait une petite éponge, puis avec mille patientes précautions il la présenta successivement à chaque écureuil; ils avaient faim et peu à peu ils se décidèrent à sucer l'éponge; quand ils eurent avalé tant bien que mal le contenu de la tasse, ils se roulèrent en boule au fond de ma casquette et s'endormirent.

— Il ne faudra pas les brusquer, me recommanda le cousin; jusqu'à ce que les dents leur soient poussées, tu seras obligé de les nourrir ainsi au biberon. Cela demandera de la patience et du soin, mais du moment que tu les as enlevés à leurs parents, tu t'es moralement engagé à les faire vivre... Tu as maintenant charge d'âmes, mon garçon, continua-t-il en riant, et tu verras que ce n'est pas une petite affaire !...

Le brave cousin poussa l'héroïsme jusqu'au bout, et de même qu'il avait calmé l'irritation de Scolastique, il amena mon père à autoriser l'introduction des trois écureuils dans la maison.

Le lendemain, notre voisin Radel, le ferblantier, qui avait eu dans le temps un écureuil, me prêta sa cage, que j'installai dans ma chambre. Cette cage était un véritable édifice dont la vue seule m'enchanta. Elle avait deux étages ! — La partie inférieure contenait un tambour cylindrique en grillage, qui tournait sur son axe et auquel le moindre effort de l'animal imprimait un mouvement de rotation; une échelle de bois faisait communiquer la roue avec l'étage supérieur, où l'on avait pratiqué une niche en forme de maisonnette, dont le toit s'ouvrait et se fermait à l'aide d'un crochet. Cette niche fut garnie d'étoupes de laine, et j'y déposai mes trois nourrissons. — L'éducation des écureuils devint alors ma grande préoccupation. J'y pensais à toute heure, et je n'osais presque plus quitter le logis, de peur qu'en mon absence il n'arrivât quelque malheur à la nichée. Dès le petit matin, je sautais à bas du lit, j'allais quérir la tasse de lait et l'éponge, et, tirant successivement les écureuils de leur niche, je leur donnais le biberon.

L'aîné, celui qui avait des mouchetures noires sur la tête et sur la queue, et que pour cette raison l'on nomme *le charbonnier*, — l'aîné était le plus fort, et aussi le plus goulu. Il absorbait sa portion de lait avec une voracité réjouissante, et croissait à vue d'œil. Les deux autres ne goûtaient que médiocrement cet allaitement artificiel, et ne suçaient l'éponge qu'en rechignant; aussi ils restaient malingres, tristes et endormis, ce qui ne laissait pas de me donner des préoccupations que je confiais au cousin.

— Que veux-tu? me répondait-il, je te l'avais prédit... Ils auraient été plus heureux si tu les avais laissés dans le trou de hêtre! On ne change pas impunément l'ordre des choses, et tu verras que tu n'en tireras rien de bon.

La prédiction de M. Bastien se réalisa, en partie du moins. — Un matin que j'arrivais avec mon lait et mon éponge, en ouvrant la niche je trouvai les deux écureuils roux immobiles, et déjà tout froids à côté de leur frère *le charbonnier*, qui seul était resté vivant. Il dressait sa tête inquiète au-dessus des deux petits cadavres et dirigeait vers moi ses yeux noirs déjà vifs. Cette découverte me bouleversa; pour la première fois j'avais une idée nette de ce que pouvait être la mort. J'appelai à mon aide M. Bastien, dont la chambre n'était séparée de la mienne que par un palier. Je n'osais toucher aux deux maigres corps, dont les pattes s'étaient roidies et dont les poils roux s'étaient ébouriffés. Il fallut que le cousin les tirât de la boîte et nous allâmes ensemble les jeter dans la rivière qui coulait au bout de notre pré.

A partir de ce moment, *le charbonnier*, débarrassé du voisinage de ses deux frères souffreteux, et resté l'unique possesseur de la niche, se développa et devint promptement très vigoureux. Il buvait à lui seul toute la jatte de lait sans le secours de l'éponge, et croissait en gentillesse et en santé. J'étais même choqué de son indifférente gaieté et je lui en voulais un peu de porter si gaillardement le deuil de ses cadets.

9

— C'est la loi naturelle ! soupirait M. Bastien en hochant la tête, les forts grimpent sur le dos des faibles, et finissent par les étouffer. Là où il n'y a de place et de substance que pour un, c'est celui qui est le mieux résistant et le mieux râblé qui prend le dessus; les autres disparaissent... Tu vas voir comme le camarade va profiter !

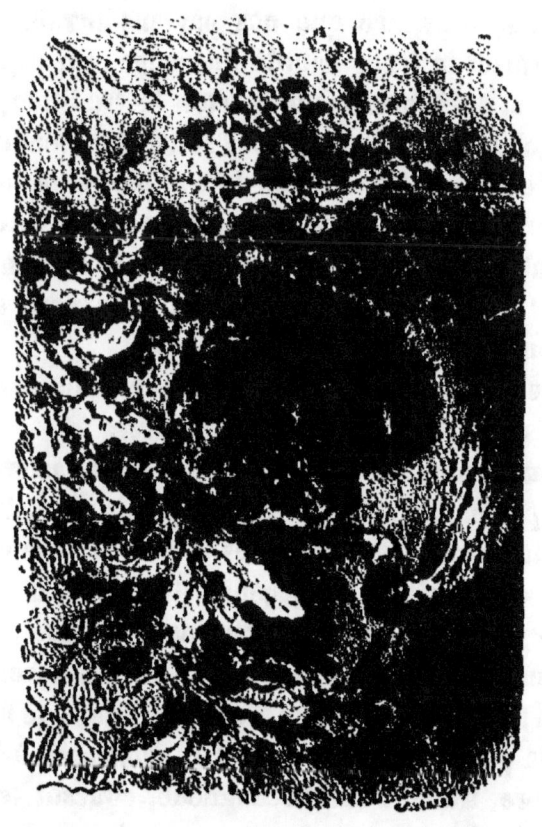

LA COTRET.

Il profitait en effet. Au bout de trois semaines il commençait à grignoter du pain et des noix sèches. Lorsque nous atteignîmes la Sainte-Madeleine, époque où, comme chacun sait, « noix et noisettes sont pleines, » il était devenu grand comme père et mère, et je priai le cousin de m'aider à lui trouver un nom. Il me semblait qu'une fois que j'aurais baptisé l'écureuil, il serait plus complétement à moi. — Je voulais un joli nom, ayant de la physionomie, facile à retenir, peu compliqué, afin qu'il devînt rapidement familier à l'animal, et qu'il s'habituât à répondre à ma voix.

— Appelle-le *Sotret*, dit M. Bastien, ce nom-là lui ira comme un gant.

Il faut vous dire que nos paysans lorrains nomment *Sotret* une sorte de lutin habillé de rouge, un esprit familier très alerte et très farceur, qui, selon la tradition, vit dans le voisinage des habitations et joue souvent de malins tours aux ménagères. On prétend qu'on le voit parfois à la brune, dans les vergers, sautant de branche en branche comme un feu follet et faisant cent sortes de grimaces. De là est venue l'épithète de *Sotret* que les bonnes femmes de chez nous appliquent aussi aux enfants remuants et malicieux.

Je suivis le conseil de M. Bastien et il fut convenu que l'écureuil s'appellerait désormais *le Sotret*.

Jamais nom ne s'adapta mieux au caractère et aux mœurs d'un personnage. Le petit animal était un maître espiègle et il semblait avoir du feu dans les veines. Il ne tenait pas en place. Dès les premières blancheurs de l'aube il descendait de la niche et se mettait à tourner dans la roue avec une vivacité fiévreuse, si bien que j'avais pitié de lui, et trouvant ce manège aussi fastidieux pour lui que pour moi, je finissais par ouvrir la porte de la cage; alors il gambadait follement dans ma chambre, sautant sur la commode, courant le long de la corniche de l'armoire, grimpant aux rideaux. Rien ne pouvait le fixer. A peine l'avait-on aperçu sur le rebord d'une table qu'on voyait tout d'un coup passer un tourbillon noir et fauve; c'était *le Sotret* qui prenait son élan et d'un bond s'élançait sur la flèche du lit. Sa nourriture consistait principalement en noix et en amandes; mais dès qu'il eut goûté à ces dernières, il leur trouva sans doute une saveur plus délicate, car il rechigna aux noix et ne voulut plus d'autre pitance. Toutes mes

économies passèrent chez l'épicier en achat d'amandes à la coque,
Scolastique ayant déclaré qu'elle mettrait les nôtres sous clé
et que c'était offenser Dieu que de prodiguer à une maligne
bête une denrée dont tant de chrétiens faisaient leur dessert.
Les fantaisies gourmandes du Sotret me coûtaient gros, mais
j'avais du plaisir pour mon argent. Rien d'amusant comme de
lui voir croquer une amande : assis sur son train de derrière,
sa queue touffue relevée en panache au-dessus de sa tête fine,
il se servait de ses pattes de devant comme de deux mains pour
porter la dure coquille jusqu'à ses incisives qui faisaient l'office
de lime et de tarière. En deux tours, la coquille limée et percée
volait en éclats. M. le Sotret, qui était un délicat, enlevait
ensuite soigneusement la peau sèche de l'amande et ne commençait à la manger que lorsqu'elle était bien nettoyée. Alors il
la dégustait avec des mines friandes, promenant de ci et de là
ses yeux noirs fureteurs. Quand il s'était bien régalé et qu'il lui
restait encore des provisions, il les épluchait tranquillement,
et allait en tapinois les porter dans un coin de mon lit, entre
la couverture et le sommier. Il s'était ménagé là une cachette
où il se blottissait lui-même dans l'après-midi pour faire
la méridienne, et lorsque, étonné de ne le voir nulle part,
j'appelais : Sotret! Sotret! — il tirait d'entre les draps sa
tête futée à oreilles de souris, me lançait un diabolique
regard d'espiègle, puis s'enfouissait de nouveau dans son
trou.

Malheureusement, il n'essayait pas seulement ses dents sur les
amandes à la coque; sa manie de grignoter s'exerçait sur tous
les objets résistants qui tombaient entre ses griffes. Il n'épar-
gnait rien : porte-plumes, encrier, toupies, dos de livres reliés.
Les livres surtout l'attiraient. L'odeur de la basane et du papier
imprimé l'excitait et redoublait sa frénésie. Un matin, je le
surpris faisant de la charpie avec mon *Epitome*. La perte en
soi n'était pas considérable, et j'en aurais ri tout le premier,
si la maligne bête n'avait précisément déchiré la page que

l'abbé Gerdolle m'avait indiquée pour une version. Je ne
pus faire mon devoir et je rapportai une mauvaise note,
qui me valut le pain sec et la retenue pour le lendemain.

Bah! qu'étaient-ce que ces légers déboires auprès des com-
pensations que me donnait la gentillesse du Sotret? Je l'avais
complétement apprivoisé et nous vivions de pair à compagnon.
Il me suivait comme un chien, trottant par derrière, silencieusement, et à pas de voleurs. Il ne connaissait que moi, et ors-
que je le portais sur mon épaule, il me mordillait doucement
l'oreille en signe d'amitié; mais si quelque étranger voulait le
prendre, il s'enfuyait, la queue horizontale, en poussant de
sourds grognements gutturaux par lesquels il marquait son
effroi et son irritation. Malheur à qui eût tenté de le poursuivre et de l'arracher à son refuge! Le Sotret, dont les
dents étaient aiguës comme des aiguilles, l'aurait mordu
jusqu'au sang, comme la chose arriva un jour à Scolastique.

Il avait perdu l'habitude de sa cage et n'y prétendait plus
rentrer qu'à la nuit tombante. Parfois même il ne se conten-
tait pas de gambader dans l'intérieur de la chambre, il
sautait sur le rebord de la fenêtre, s'y promenait d'un air son-
geur, penchait sa tête pointue, agitait sa queue et dardait des
yeux pleins de convoitise vers les allées vertes et les arbres
du jardin. — Hélas! ainsi que le disait sentencieusement
M. Bastien, la liberté est comme le tabac, quand on en a tâté,
on ne peut plus s'en déshabituer et on veut toujours doubler
la dose!...

Un jour, en revenant de chez M. le vicaire je cherche mon
camarade l'écureuil et je ne l'aperçois nulle part. Je cours à la
cachette où il avait coutume de dormir sous les couvertures,
point de Sotret. J'appelle, et ne vois rien venir. Tout à coup,
en passant près de la croisée ouverte, je crois ouïr un glousse-
ment significatif qui semble descendre du faîte du toit; je lève

la tête, et je découvre enfin, au milieu des feuilles de l'acacia voisin, la queue empanachée de mon vagabond de Sotret.

Le plein air paraissait l'avoir grisé; il sautait ou plutôt il volait de branche en branche, se servant de sa queue largement étalée, comme d'une aile; avide de faire connaissance avec le monde nouveau du jardin, il montait toujours plus haut jusqu'aux dernières ramures de l'arbre, grignotant çà et là les gousses mûres de l'acacia et poussant de minute en minute de petits grognements de satisfaction.

En un clin d'œil, je fus dans le jardin, au pied de l'arbre. D'une voix tantôt caressante, tantôt impérative, j'appelais : « Sotret! Sotret! » Point d'affaires; il se moquait de moi, tournant autour des branches, montant, redescendant et toujours mettant malicieusement entre lui et moi le tronc de l'arbre comme un écran, d'où surgissait parfois sa fine tête d'espiègle. J'avais apporté une poignée d'amandes princesses et je les lui montrais dans le creux de ma main pour l'engager à revenir; mais il préférait décidément les fruits sauvages de la liberté aux grasses lippées de la servitude, et en façon de bravade ironique, il laissait tomber du haut de son perchoir les débris des gousses brunes qu'il épluchait à belles dents.

Je ne fis ni une ni deux, j'empoignai l'acacia rugueux à bras le corps et j'y grimpai, résolu à poursuivre le Sotret jusque dans ses derniers retranchements. Lui, se doutant de mes intentions, bondit jusqu'au fin bout des branches flexibles de la cime, et s'y balançant comme dans un hamac, il me darda une nouvelle œillade diabolique, comme pour me dire : « Viens m'y prendre! »

J'avais déjà atteint la naissance des grosses branches et je me trouvais au niveau de la fenêtre sans rideaux de M. Bastien, lorsque, en jetant par hasard un coup d'œil dans l'intérieur de la chambre, je fus brusquement détourné de l'objet de ma

poursuite par un curieux spectacle qui absorba toute mon attention.

De la fourche où j'étais juché, le regard plongeait de haut
en bas dans la pièce nue et claire, et à travers les vitres soigneusement lavées j'aperçus très distinctement le cousin assis
dans son fauteuil de cuir, devant le bureau dont l'entable-
ment supportait un vieux et massif pupitre en bois noir.
M. Bastien, tête nue, le front penché et une main en abat-jour
sur ses yeux, feuilletait lentement un volume in-octavo dont je
distinguais alternativement les pages imprimées et les gravures coloriées. Le cousin avait l'air d'un homme qui est en
extase ou qui rêve. Son rêve était tantôt joyeux et tantôt pénible, car parfois il souriait, parfois il essuyait une larme,
avant de tourner un feuillet; ou bien, s'arrêtant à consi-
dérer une page ou une gravure, il s'animait et parlait tout
haut. Quelquefois même il posait précipitamment ses lèvres
sur les marges du livre et les baisait violemment. C'était
une scène étrange. On aurait dit que le volume était devenu un être vivant, et que le cousin dialoguait avec lui comme
avec une grande personne. A épier tout ce manège, j'avais
complètement oublié mon écureuil. Le fantasque animal,
voyant qu'on ne s'occupait plus de lui, avait changé d'humeur. Sautant de branche en branche, il s'était rapproché lentement; finalement il avait sauté sur mon épaule, et aussi
intrigué que moi, il semblait fort affairé à regarder ce qui se
passait dans la chambre bleue.

—Voilà donc, pensais-je, pourquoi M. Bastien se claque-
mure dans sa chambre!... C'est pour lire un livre d'images. Ce
volume doit contenir de bien intéressantes histoires, puisqu'elles l'émeuvent au point de le faire pleurer... Les enlumi-
nures ont l'air d'être amusantes... Je donnerais bien quelque
chose pour les voir de près!...

Tout en ruminant ces choses dans mon cerveau, je me pen-
chais le plus que je pouvais pour mieux distinguer ce qui se

passais dans la chambre. Je ne sais si le cousin se douta qu'il était épié ou si quelque bruit du dehors vint le distraire, mais tout à coup il referma le volume, en baisa de nouveau le plat de la reliure avec ferveur, comme on baise une relique, puis brusquement le livre disparut sous le couvercle du pupitre.

IV

A partir de cette station sur l'acacia, je fus possédé par une idée fixe : voir de près et feuilleter le livre d'images. Je me figurais que ce précieux volume devait contenir des histoires merveilleuses. Les gravures coloriées qui l'illustraient et que j'avais vaguement entrevues, me donnaient une haute idée de la valeur du livre. Et puis, l'émotion inexplicable de M. Bastion, ses rites et ses larmes, son culte pour l'in-octavo, me faisaient soupçonner quelque mystère, dont la lecture du volume m'aiderait probablement à soulever le voile. Je supposais que ce livre dont le cousin prenait tant de soin, devait avoir un rapport secret avec l'évènement tragique qui avait bouleversé la vie de notre parent. A mesure que je tournais autour de cette idée, je me sentais empoigné par une curiosité croissante, par un désir enragé de me mettre en possession de la relique du cousin.

Rien n'égale la force d'expansion d'un désir non satisfait. On a beau chercher à se soustraire à cette préoccupation dominante; on y est toujours ramené par un aimant irrésistible. Déjà une fois j'avais été pris par un de ces désirs qui entrent en maîtres dans notre cerveau, et qu'on ne peut plus déloger. Il s'agissait d'un volume aperçu à la vitrine du libraire de Varennes, et sur la couverture bariolée duquel il y avait ce titre affriolant : *Livre magique*. — Mon imagination allumée par ces deux mots avait immédiatement pris feu, et je passais des heures devant l'étalage du marchand, dévorant la couverture des

yeux et me demandant quelles merveilles elle pouvait bien cacher. Ce livre, j'en rêvais! Il coûtait deux francs : une grosse
somme pour moi, qui ne possédais à la fois que quelques sous.
— Cependant les efforts de ma volonté concentrée sur cet unique désir finirent par triompher des obstacles qui s'élevaient
entre moi et la possession de ce volume attirant. A force d'amener
Scolastique devant l'étalage du libraire, j'arrivai à obtenir de
la parcimonieuse servante qu'elle m'avançât deux francs pour
acheter le *Livre magique*. Je dois avouer du reste, qu'une fois
possesseur de l'objet de mes convoitises, j'éprouvai une désil-
lusion. Le livre n'avait de magique que son titre, et deux jours
après je le troquai à un de mes camarades pour une bille
d'agate.

Néanmoins cette première expérience de ce que peut une
volonté tenace pour transformer une fantaisie en réalité m'avait
logé dans la tête une certaine foi superstitieuse. J'étais persuadé
qu'on finit par attirer à soi par une sorte de charme les choses
qu'on veut fortement. C'est pourquoi je ne désespérais pas
d'arriver à mettre la main sur le livre du cousin Bastien.

En proie à cette dangereuse illusion, et éperonné par mon
désir, je ne quittais plus guère le palier de la chambre bleue,
guettant les moindres absences du cousin pour m'y faufiler. Le
bonhomme était matineux ; il faisait son lit lui-même, brossait
ses habits et se rendait ponctuellement chaque jour à la messe
de sept heures. C'était à ce moment-là que je comptais m'em-
parer du livre. Seulement, comme s'il se fût méfié de mes intentions, il avait la précaution, en s'en allant, de fermer sa
porte à double tour et d'en emporter la clé. Toutefois il était
fort distrait et il lui arrivait parfois d'oublier son passe-partout
dans la serrure, si bien qu'un matin j'en profitai pour pénétrer
dans son sanctuaire et tâter le terrain.

Je furetai partout sans rien découvrir. Il était évident que le
livre devait être serré dans le coffre du pupitre. J'examinai
ce meuble et j'essayai vainement d'en soulever le couvercle,

Hélas! il était solidement rivé au caisson par une targette de fer qui s'enfonçait dans un piton et qu'un cadenas rouillé défendait contre les curiosités indiscrètes. La clé du cadenas étant dans la poche de l'unique gilet du cousin, j'essayai d'abord d'introduire dans la serrure plusieurs petites clés dont j'avais eu la précaution de me munir, mais aucune d'elles n'allait, et je restais fort penaud devant le pupitre fermé...

Voilà à quelles extrémités conduit la dangereuse illusion dont je parlais tout à l'heure. J'étais en train de devenir un voleur, et le pis, c'est que je ne rougissais pas du vilain métier auquel me poussait mon idée fixe; au contraire, je m'endurcissais dans le crime, et les yeux fixés sur les ferrements du caisson, je cherchais une combinaison ingénieuse pour triompher de l'obstacle que m'opposait le cadenas.

A force de palper le pupitre, je remarquai que le piton était vissé dans le bois, et je me dis que c'était de ce côté qu'il fallait diriger l'attaque. Si je parvenais à arracher le piton, le cadenas viendrait naturellement avec lui. Je me mis à l'œuvre sur-le-champ; mais le bois de chêne était solide, la vis y était enfoncée profondément, et je ne réussis qu'à m'écorcher les doigts. — Il faudrait un tournevis! m'écriai-je mentalement, — et renonçant pour le quart d'heure à de nouvelles tentatives, je quittai la chambre, afin de me mettre en quête de l'engin qui jouerait pour moi le rôle du fameux « sésame, ouvre-toi! » dans la caverne des *Quarante voleurs*.

Ma première visite fut pour notre grenier, où il y avait de tout, et où un certain flair m'indiquait que je devais trouver l'indispensable tournevis. Oh! ces vastes greniers de campagne, si pleins de vieilles choses; ces greniers haut perchés, aux fenêtres sans croisées, où nichent les hirondelles, où l'air joue librement à travers l'antique charpente; je plains ceux qui n'en ont pas connu un dans leur enfance! — Le nôtre était très profond, percé de lucarnes cintrées, par lesquelles on voyait le ciel où couraient les nuages, les prés où serpentait la rivière, et au loin les verdures moutonnantes de la forêt d'Argonne.

Le peu de largeur de ces lucarnes y entretenait une ombre mystérieuse, encore accrue par un luxe de poutres et de chevrons soutenant la toiture de tuiles.

Sous cette charpente touffue, dont les madriers brunis gardaient la trace des coups de hache de l'ouvrier qui les avait équarris en plein bois, il y avait un fouillis de vieilleries, tout un musée de meubles invalides et centenaires. A côté d'une longue table où séchaient des oignons, un coffre de chêne contenait le linge qui attendait la lessive. Une tapisserie de Flandre, mangée des vers, où l'on distinguait encore une colonnade grise dans un massif d'arbres bleuâtres, pendait le long d'une massive armoire d'où s'exhalait une bonne odeur de pommes mûrissantes.

Il y avait encore une huche remplie d'avoine; une caisse bourrée de musique du XVIIIe siècle; sur les partitions manuscrites on lisait en bâtarde les noms d'*Armide*, du *Devin du village*, et des *Indes galantes*. Un paravent, aux chinoiseries à demi effacées, abritait derrière ses châssis toute une défroque du temps passé : mules de satin à hauts talons, fichus à fleurs de soie brochée, jupes de lampas à ramages, dont les couleurs éteintes faisaient rêver aux grand'mères qui s'en étaient parées. Plus l'encombrement des vieux meubles augmentait sous les franges des toiles d'araignée, dans l'angle étroit formé par la muraille et la toiture, plus l'obscurité s'épaississait; et je n'avançais à travers le poudreux fouillis qu'avec une religieuse terreur, me demandant si tout à l'heure je n'allais pas voir sortir de quelque armoire entre-bâillée le fantôme de l'un des possesseurs défunts de ces meubles hors d'âge...

Ce jour-là, le désir qui m'aiguillonnait dominait tout autre sentiment, et je furetais partout sans me préoccuper des revenants, sans avoir le moindre respect pour ces vénérables débris pleins de craquements mystérieux. A la fin, je tombai

sur une halte où gisaient pêle-mêle des ferrailles et des outils
de menuisier, et au milieu des clous, des vrilles et des rabots,
je mis la main sur de petites tenailles très solides, qui me
parurent tout à fait propres à la besogne que je méditais. En
pinçant le piton entre les tenailles et en manœuvrant adroitement, je devais arriver sans peine à le faire sortir du pupitre.
J'empochai donc ma trouvaille, je la cachai dans ma chambre, derrière une pile de livres, et j'attendis une occasion
favorable.

Le cousin resta six mortels jours sans omettre de fermer sa
porte; mais un matin qu'il faisait beau temps et qu'il avait
prémédité de pousser jusqu'au bois, après la messe, il re-
tomba dans ses distractions ordinaires, et oublia sa clef dans
la serrure.

Il n'avait pas fait vingt pas hors de la maison que j'étais déjà
dans sa chambre, avec mes tenailles dans la poche de mon
pantalon. Le moment tant attendu était arrivé enfin ! Le cousin
en avait bien pour deux heures; Scolastique et ma mère étendaient du linge au jardin, et mon père était à la justice de
paix.

J'allais pouvoir satisfaire ma curiosité; j'étais seul et je ne
craignais pas d'être dérangé pendant l'opération... Quand je
dis seul, pas tout à fait. Le Sotret, qui me suivait comme mon
ombre, s'était glissé traîtreusement derrière moi dans la
chambre bleue, où il rôdait sans bruit. Mais j'étais tellement
préoccupé de mon affaire, tellement pressé d'ouvrir le pupitre, que je ne pris pas même le temps de le réintégrer dans
sa cage.

Me voilà donc m'approchant du bureau, sur la pointe des
pieds, retenant mon haleine et sentant dans ma poitrine un
assez fort battement de cœur. —J'enfonce une main dans ma
poche, j'en retire les tenailles; de l'autre je maintiens le cadenas en l'air et je serre la tête du piton dans les pinces, puis,
lentement, en douceur, j'ébranle peu à peu la tige vissée dans

le bois. Je la sens remuer faiblement... Je serre les tenailles, et, les maniant de toutes mes forces, après plusieurs essais infructueux, je parviens à faire tourner le piton... Victoire! le voilà dévissé, je le mets précipitamment en poche avec le cadenas, je soulève le couvercle et je regarde : — le livre est là, à côté d'une tabatière ornée du portrait du duc de Berry; je le prends d'une main tremblante; je suis si ému que j'en ai la chair de poule par tout le corps. Je rabaisse le couvercle avec de minutieuses précautions, et j'étale le précieux volume sur le pupitre, tandis que je m'installe dans le fauteuil de cuir avec un frémissement de joie.

V

Le livre tant convoité était tout simplement un in-octavo relié en basane marbrée, et à peu près pareil à ceux qu'on donnait encore de mon temps en prix dans les écoles.

Il contenait un choix de contes du chanoine Schmid, avec une gravure en tête de chaque histoire. Sur la feuille de garde, je vis d'abord l'inscription suivante, écrite en gros caractères d'écolier :

> Ce livre est à moi
> Comme Paris est au roi.
> Je tiens à mon livre
> Comme le roi à sa ville.
> Si vous voulez savoir mon nom,
> Regardez dans le petit rond ;
> Si vous voulez savoir l'année,
> Regardez dans le petit carré.

En effet, dans le petit rond, on lisait : « Désiré Bastien », moulé en belle gothique, et dans le petit carré : « 1828 ». — Comme c'était déjà loin de nous !

Les estampes avaient été enluminées après coup, probablement par la main de l'écolier lui-même ; cela se voyait aux couleurs crues, débordant les unes sur les autres, et peu variées : du bleu, du jaune et du rouge, avec un peu de vert pour les arbres et de rose pour les figures. — Cette coloration naïve et violente produisait des effets très amusants ; mais ce qui me paraissait encore plus récréatif, c'étaient les illustrations et les annotations burlesques dont les marges du livre avaient été enjolivées. Désiré Bastien ne devait pas être un écolier fort soigneux. Les oreilles des feuillets et les pâtés d'encre semés çà et là le proclamaient assez haut, mais à coup sûr c'était un esprit ingénieux, fécond en inventions drôles. Quelle étonnante collection de dessins au crayon et à la plume! Vaisseaux voguant à pleines voiles sur la mer houleuse, soldats à pied et à cheval, caricatures de professeurs, paysages représentant un arbre, un bonhomme bâton en main, et une maison dont la cheminée lance une fumée en tire-bouchon... Par-ci par-là, des vers baroques comme ceux-ci, qui résumaient sans doute l'opinion de Désiré sur l'emploi du temps :

> Lundi, mardi, fête ;
> Mercredi, peut-être ;
> Jeudi, la Saint-Nicolas,
> Vendredi je n'y serai pas,
> Samedi je reviendrai ;
> Et voilà la semaine passée

Ou bien une plaisanterie, qui consistait à inscrire au haut d'une page : « Si vous voulez connaître mon secret, cherchez à la page 17. »

La page 17 renvoyait à la page 64, et ainsi de suite jusqu'à la page 79 où on trouvait le profil d'un monsieur faisant un pied de nez au lecteur...

— Ma foi! me disais-je, Désiré Bastien ne devait pas engendrer la mélancolie; quel gai compagnon! Si j'avais vécu de son temps, j'aurais aimé l'avoir pour ami... C'était probablement ce fils que le cousin regrette tant... Pauvre homme! et comme c'est grand dommage tout de même que ce garçon soit mort si jeune! — Et je regardais avec attendrissement ces pages où l'écolier avait posé sa main, ces coups de crayon qu'il avait donnés si hardiment, ces taches d'encre qui gardaient encore l'empreinte d'un doigt d'enfant. On voyait sur le papier noirci les petites lignes concentriques qu'y avait marquées la peau de l'épiderme; et le doigt qui s'était appuyé là, où était-il maintenant?...

Comme je réfléchissais à toutes ces choses, j'entendis soudain au bas de l'escalier la grosse voix de M. Bastien.

— Oïe! oïe, pensai-je, il se sera aperçu de son oubli, et il vient chercher sa clef!

Je n'eus que le temps de jeter le volume sous le fauteuil et de me réfugier dans ma chambre.

Les choses s'étaient bien passées comme je le supposais. Arrivé à l'église, le cousin avait tâté sa poche et constaté l'absence de la clef, et, la messe une fois dite, il était accouru pour réparer son oubli. Il monta l'escalier, vit la clef dans la serrure, et, sans pousser plus loin ses investigations, il se contenta de clore la porte à double tour, mit son passe-partout en poche, puis redescendit d'un bon pas afin de rattraper le temps perdu.

Je respirai un peu. L'orage s'éloignait; malheureusement ce n'était que partie remise. Que dirait M. Bastien lorsque à son retour il trouverait son pupitre sans cadenas et son cher livre d'images sous le fauteuil?... Je n'osais y penser et je me consolais en songeant que j'avais une bonne heure au moins devant moi. N'importe, j'étais fort penaud et je me mordais les doigts en cherchant un biais pour raccommoder les choses. Tout à coup, mes yeux étant tombés machinalement sur la cage de l'écureuil, ma respiration s'arrêta net. Je venais de songer que j'avais laissé le Sotret dans la chambre bleue, et que M. Bastien l'avait enfermé.

À cette pensée, une chaleur me passa dans tout le corps. — Me voilà bien, me dis-je, et cela m'achève!... Cet animal est capable de tout. Dieu sait quel dégât il va commettre dans la chambre du cousin! — Et instantanément je me représentai M. Bastien rentrant chez lui, appelant Scolastique et ma mère pour leur mettre sous les yeux les preuves de mon crime; j'entendis ma mère racontant mes méfaits à mon père, à son re-

tour de l'audience, et j'entrevis aussi le châtiment : une désagréable perspective de pain sec, de retenues et de leçons à
apprendre. Je ne pouvais rester en place, et je résolus de descendre au jardin ; j'avais encore l'espoir, en grimpant sur l'acacia, d'établir une communication avec l'intérieur de la chambre
bleue, et d'empêcher le Sotret d'y mettre tout à sac. Je me glis-
sai d'abord en tremblant sur le palier, je collai un œil à la
serrure... Impossible de rien voir ! J'entendais seulement le
trottinement menu de l'écureuil. Je dégringolai l'escalier quatre
à quatre, et je me hâtai d'escalader l'acacia.

Me voici au milieu des branches, d'où l'on plonge dans la
chambre bleue. Un petit vent d'est agite la cime et fait fris-
sonner les souples rameaux dont les folioles se retroussent et
palpitent comme de petites ailes. Je me penche, et, tout pâle,
je jette un regard anxieux vers la fenêtre entrouverte. A
travers l'entre-bâillement, je vois l'intérieur de la chambre
comme si j'y étais. Le livre d'images est toujours gisant
entre les pieds du fauteuil de cuir ; l'écureuil gambade sur
le lit, la queue en l'air, la mine éveillée. Je l'appelle doucement et d'une voix insinuante : — Sotret !... Petit, petit ! — En
même temps, je lui montre une provision d'amandes. Il lève la
tête, m'aperçoit, pousse deux ou trois gloussements pour me
dire : C'est bien, je suis là, mais rien ne presse et ce n'est
pas mon heure de déjeuner. — Puis il saute sur l'un des mon-
tants du lit, et là, en équilibre, sans plus s'inquiéter de moi
que si je n'existais pas, il procède à sa toilette, passe une patte
sur sa joue, gratte son dos, lisse ses poils, épluche sa
tête...

— Auras-tu bientôt fini, vilaine bête ? — Je lui fais des signes
énergiques, mais il n'en a cure, et continue de se pourlécher. —
Dans le jardin plein de soleil, le vent balance mollement les
linges qui sèchent sur les cordes tendues d'un arbre à l'autre ;
la rosée du matin fume dans les prés semés de colchiques violets, et la rivière bleuit entre les saules. Une mésange chante

d'une voix fine au milieu des sureaux, et la brise d'automne
m'apporte les rumeurs lointaines du bourg : bruits de chaînes
dans les tonneaux qu'on rince pour la vendange, martellements
sur l'enclume du forgeron, cris d'enfants qui jouent à l'entrée
du pont. — Et je songe à une partie de billes que je devais
faire ce matin avec le fils du greffier. — Il s'agit bien de billes
à présent!... Après mon équipée et l'orage qui va éclater tout
à l'heure, Dieu sait ce qui me pend à l'oreille... La prison
peut-être; n'est-ce pas là où on met ceux qui volent avec effrac-
tion ?... Je suis pris tout à coup d'un frisson en pensant au
mur maussade du violon, voisin de l'hôtel de ville, où l'on enferme les vagabonds et les ivrognes. Je revois la porte massive
avec son revêtement de gros clous, la muraille crevassée, et le
noir soupirail où des barreaux noueux s'entrecroisent d'une
façon rébarbative.

Je jette un nouveau coup œil dans la chambre. Sur le châ-
lit, le Sotret se lèche et se relèche toujours, comme s'il prépa-
rait sa toilette pour aller à la fête. Il se nettoie à fond, sans se
hâter, et cependant, miséricorde! comme les minutes filent!
Tout à l'heure le cousin va rentrer, l'audience va finir, et ce
sera mon tour. Oh! si les secondes pouvaient durer des heures!
Si toutes les horloges pouvaient s'arrêter!... Mais le temps ne
chôme pas, les minutes s'envolent, et voici justement l'horloge
de Saint-Nicolas qui sonne dix heures. En bas, dans la cuisine,
dont la croisée est ouverte, j'entends un bruit de vaisselle.
C'est Scolastique qui s'occupe du dîner. Elle remonte la cré-
maillère et y pend la marmite. C'est aujourd'hui le jour de la
soupe aux choux, et un pressentiment me dit que je n'y goûte-
rai pas... Le pain sec, un pain arrosé de mes larmes, voilà ce
qui m'attend! Les voix montent jusque dans les ramures de
l'acacia :

— Scolastique, savez-vous où est Joseph?

— Ma foi, non, je ne l'ai pas vu depuis ce matin... Il court
sur la place, bien sûr, avec ses petits camarades.

— Quel vif argent que ce Joseph! On n'a pas plus tôt le dos
tourné que le voilà dans la rue à polissonner.

— Bah! il est comme les autres, n'est-ce pas? C'est de son
âge; il fait le diable à quatre, mais il n'a pas pour deux liards
de méchanceté!

— Oh! pour cela non; c'est un bon enfant...

Cela me serre le cœur d'entendre faire mon éloge dans un
pareil moment, quand je sens le cadenas et le piton qui me
rabotent la peau à travers la doublure de mon pantalon. Mes
yeux sondent impatiemment la chambre bleue; ils vont du pupitre au livre d'images, et du livre à l'écureuil.

Bon! il a fini sa toilette, il est posé maintenant sur ses quatre pattes et a l'air de se demander ce qu'il pourrait bien imaginer pour passer le temps. Voilà le moment d'essayer de re-
chef de l'attirer vers la fenêtre.

— Sotret! Pst! Pst! — Il m'a entendu, il saute à bas du lit
et tourne sa tête vers la croisée... Ah! enfin, il vient!... Il vient
lentement, sans se hâter, le nez au vent, la queue horizontale,
comme quelqu'un qui flâne, mais enfin il arrive. Je le suis du
regard, aussi avidement qu'un joueur de quilles suit sa boule.
Toute ma force de volonté, tout mon désir de l'attirer vers moi
doivent être concentrés dans mes yeux... Hein? le voilà qui
s'arrête à mi-chemin, au niveau du fauteuil... Mon Dieu, ayez
pitié de nous, l'animal a vu le livre d'images!...

Je me souviens de son goût dépravé pour les reliures et le
papier imprimé, je songe avec épouvante au sort de mon *Epi-*
tome, et j'accentue plus encore ma pantomime, je redouble mes
appels...

Mais c'est fini!... Toute l'attention du Sotret est maintenant
absorbée par l'in-octavo relié en basane. Il s'en approche, le
flaire un moment, le pousse hors du fauteuil, et; accroupi sur
ses pattes de derrière, donne un premier coup de dent à la couverture. Cela le met en appétit, il tourne autour du volume et
commence maintenant à attaquer la tranche. — Comme je lui

lancerais volontiers le cadenas, et le piton avec, si je ne craignais de casser les vitres!... Je n'ai plus une goutte de sang dans les veines. — Sotret! animal! mauvais drôle! — Je lui prodigue toutes les injures de mon répertoire... Pas trop haut encore, car j'ai peur que le bruit n'amène quelqu'un dans le jardin... Je m'agite sur mon arbre, je me hisse jusqu'à l'extrémité de la branche la plus voisine de la muraille, et je cherche s'il y aurait moyen de sauter de là jusque sur le rebord de la fenêtre, afin d'empêcher un pareil forfait de s'accomplir ; mais arrivé à l'endroit où la branche commence à plier, je m'aperçois qu'un bon pied me sépare encore de la corniche extérieure du mur. Si je m'élance, je manquerai mon coup et je tomberai piteusement sur le pavé; voilà tout. — Je mesure la distance, je sonde le vide qui est au-dessous, et ce calcul peu rassurant me démontre l'impossibilité de tenter l'aventure. Me voilà donc forcé d'assister, sans bouger, au massacre du livre de M. Bastien.

Massacre est le mot. Grisé par l'odeur de la colle et du papier, le maudit Sotret déchirait le livre à belles dents. Entre ses griffes, les estampes enluminées, les dessins et les annotations du pauvre Désiré Bastien s'en allaient en charpie; le parquet tout autour était jonché comme d'une neige de papier réduit en miettes. Parfois le Sotret, s'arrêtant au milieu de son infernale besogne, relevait la tête, dardait de mon côté ses yeux noirs malicieux comme pour me narguer, puis recommençait avec plus d'acharnement. J'en pleurais de rage, de terreur et de pitié; je n'avais plus même la force de mettre le holà! J'étais atterré, je serrais convulsivement la branche de l'acacia pour ne pas tomber.....

Tout d'un coup le Sotret dresse deux oreilles inquiètes; la porte s'ouvre et j'aperçois M. Bastien qui entre.....

Ah! saints du Paradis! ses yeux tombent d'abord sur le corps du délit et j'entends un épouvantable juron. — Je n'ai plus le courage de regarder ce qui va se passer, je ferme les yeux.....

mais quelques secondes après un cri aigu me les fait rouvrir.
— M. Bastien a saisi l'écureuil qui se débat. — Je saute à bas
de l'arbre, je cours comme un fou dans l'escalier et je me pré-
cipite dans la chambre bleue

VI

— Cousin, m'écriai-je en entrant, ne faites pas de mal au Sotret, c'est moi qui suis coupable!... Ne lui faites pas de mal, je vous en prie!

Mais le cousin ne m'écoutait pas. Il était secoué par un accès de colère qui donnait à sa figure blanche comme un linge une effrayante expression de sauvagerie; dans sa main crispée il serrait le malheureux Sotret, et bredouillait d'une voix rauque :

— Bête de malheur! Bête possédée du diable!

L'écureuil se démenait en effet comme un possédé, et pour se débarrasser de l'étreinte de M. Bastien, il se servait des seules armes qu'il eût à sa disposition : ses griffes et ses dents. Il les enfonçait profondément dans la main du cousin, et le sang coulait jusque sur les lambeaux de papier qui jonchaient le parquet.

— Grâce! grâce! criai-je de nouveau en me pendant à la redingote de M. Bastien.

Je ne sais si la douleur ou la vue du sang redoubla la rage du cousin, mais il serra plus fort. Le Sotret me regarda une dernière fois, comme pour m'appeler à son secours, puis ses beaux yeux noirs se troublèrent, il lâcha prise, et M. Bastien le lança violemment sur le parquet.

C'était fini, le pauvre Sotret ne bougeait plus, sa bouche entr'ouverte montrait encore ses dents aiguës; ses paupières étaient retombées sur ses yeux ternis, sa queue qu'il étalait si orgueilleusement s'allongeait flasque et ébouriffée sur les dé-

bris du livre d'images. Je poussai un gémissement et je me
jetai à genoux près de l'écureuil mort, en essayant de le réchauffer dans mes mains. Les émotions par lesquelles je venais
de passer m'avaient mis dans un étrange état nerveux; les sanglots m'étouffaient, et tout en caressant le corps tiède de mon
écureuil, je criais convulsivement à M. Bastien :

— Bourreau! bourreau!... assassin!

Soudain, à ma grande stupéfaction, je vis le cousin s'age-
nouiller à côté de moi. L'expression sauvage de sa figure avait
disparu, ses traits s'étaient détendus, et de grosses larmes
tombaient de ses yeux rougis sur ses joues creuses. En même
temps, joignant ses mains encore tremblantes, il murmurait
des paroles décousues, avec un accent navrant :

— Je suis un fou! un fou!... Pardon, petit!... Ma mauvaise
colère m'avait rendu déjà une fois si malheureux.....J'aurais dû
m'en souvenir..... Maudit tempérament! J'avais juré de ne plus
m'emporter..... Cet animal ne savait ce qu'il faisait; c'était son
instinct de ronger, il rongeait..... Et je l'ai tué, comme autrefois j'ai tué mon pauvre La Bise..... La colère est un mauvais
ange, Joseph; quand nous lui avons obéi une fois, nous ne nous
appartenons plus..... Oui, petit, si j'avais su me contenir, La
Bise serait encore près de moi..... grand, fort, la joie et la
compagnie de ma vieillesse!..... Je n'irais pas comme un vagabond sur les routes, n'osant plus rentrer dans cette maison où
on l'a rapporté tout sanglant, et où il a expiré comme cette bête
vient de passer entre mes mains..... Il était si beau, si aimant,
si vivant : et je l'ai tué comme j'ai tué l'écureuil!... Tiens, voici
tout ce qui me reste de lui.....

En même temps ses maigres doigts rassemblaient les débris
du livre d'images.

— C'était son livre favori, continuait M. Bastien en regardant les lambeaux de papier épars sur ses genoux; il l'avait eu
en prix à son école, et il l'emportait partout..... Quand je feuilletais le livre, il me semblait que j'y retrouvais le souffle

de mon enfant; je lisais les lignes crayonnées sur les marges, je regardais les estampes, les dessins, et je croyais l'entendre lui-même rire aux éclats..... Je le revoyais penché près de la fenêtre, à sa petite table, avec le verre d'eau et les godets où il trempait ses pinceaux, et tout mon bon temps ressuscitait..... A présent je n'ai plus rien....., qu'un nouveau crime sur la conscience!.....

La grosse voix plaintive de M. Bastien me résonnait jusqu'au fond de la poitrine. En voyant ce vieux visage mouillé de larmes, en écoutant les confidences si poignantes de ce vieillard, qui me demandait pardon, à moi, si coupable dans la circonstance, je sentais la rancune causée par la fin tragique du Sotret s'évanouir pour faire place à un repentir mêlé de compassion.

Je me jetai brusquement au cou du bonhomme, et l'embrassant de tout mon cœur :

— Je vous aime bien, moi, cousin, lui dis-je, je vous aimerai toujours, je resterai près de vous, et si vous voulez, j'essayerai..... de remplacer La Bise!

Il m'empoigna dans ses bras, m'emporta vers le fauteuil, où il s'assit en me posant sur ses genoux; puis il couvrit mes cheveux de baisers : — Tu es un bon enfant, soupira-t-il, oui, reste avec moi..... nous nous aimerons bien!...................

La paix une fois conclue, il fut convenu que nous ne soufflerions mot à personne des circonstances qui avaient précédé et amené la mort du Sotret. Le cousin voulut assumer complètement la responsabilité du meurtre de mon écureuil; après avoir enfoui dans son pupitre les restes du volume du chanoine Schmid, il revissa stoïquement le piton que je lui avais rendu, puis, comme Scolastique criait d'en bas que le dîner était prêt : Laisse-moi faire, Joseph, ajouta-t-il, je dirai que j'ai tué le Sotret dans un moment de colère, et ton père, qui connaît déjà mes emportements, n'en demandera pas davantage.

Après dîner, nous nous occupâmes tous deux des obsèques
de mon cher écureuil. Je l'enveloppai dans un vieux foulard
et le portai tendrement au fond du jardin, où le cousin le dé-
posa dans un trou creusé au pied d'un tilleul. Puis M. Bastien,
qui était très industrieux, tailla une pierre en forme de tombe;
il y encastra adroitement une vieille ardoise, sur laquelle il
grava cette épitaphe de sa composition :

Ci-gît la Sotret,
Né en avril, mort en septembre.
Arraché prématurément à son nid
Il a été arraché plus vite encore
A la vie.
Ses amis en pleurant
Ont élevé un tombeau
A ses mânes regrettés.

Quand la tombe fut plantée sur la fosse, le cousin y jeta un
regard mélancolique et se retira. Je le vis s'éloigner au fond de
l'allée des framboisiers, relevant soigneusement les basques
de sa redingote pour la préserver de l'humidité, et courbant
pensivement la tête. Resté seul près de la pierre, il me sembla
que je n'avais pas assez fait pour honorer la dépouille du malheureux écureuil, et que mon camarade ne devait pas être
content.

J'allai racler des larmes de résine au tronc de nos sapins, je
les déposai dans les godets de ma boîte à couleurs, et je les fis
brûler en guise d'encens aux quatre angles de la tombe; puis
ayant été acheter un paquet de pétards chez l'épicier, je les
braquai en face du tilleul, et je tirai des salves en l'honneur du
défunt.

De cette façon le pauvre petit Sotret eut de belles et
dignes funérailles.

OISEAUX ET PLANTES DES BOIS

LE MERLE NOIR

(Turdus merula, L.)

Le merle noir est un oiseau sédentaire. Au rebours de la grive, sa cousine germaine, il passe l'hiver au pays natal. — Pendant les derniers grands froids, un matin, en ouvrant ma fenêtre, j'aperçus se détachant sur la blancheur d'un toit voisin un beau merle mâle, dont la robe noire tranchait étrangement sur l'épaisse couche de neige. L'oiseau, inquiet et morfondu, contemplait d'un œil ébloui et effaré ce blanc tapis uniforme qui recouvrait les balcons, les pavés des cours et les massifs des jardins. Ce merle parisien, né en plein Luxembourg, n'avait jamais vu pareil spectacle et semblait perdu au milieu de cette neige. Je lui jetai des miettes de pain. La chère semblait maigre à ce mangeur de vers et de fruits, le moindre brin de mouche ou de vermisseau eût mieux fait son affaire; mais quand on n'a pas ce que l'on aime, et que la faim vous pique le ventre, ce n'est point le cas de se montrer difficile. Il grignota du bout de son bec jaune ces reliefs peu succulents, m'envoya deux ou trois sifflements étranglés en guise de remercîment, et s'en alla chercher fortune ailleurs.

Nos merles campagnards, plus expérimentés que ce Parisien, sentent venir les rudes journées d'hiver et se réfugient au plus épais de la forêt, à proximité de quelque source chaude, dans le voisinage des sapins ou des genévriers qui leur offrent plus de ressources pour le vivre et le coucher. Dès que la neige fond et que le froid se détend, ils entrent en gaieté et lancent à plein gosier ce chant alerte et matinal qui retentit dans les vergers et les parcs dès la mi-février, et qui est comme le prélude du printemps. Ils nichent quand l'hiver est à peine fini, et souvent leur première ponte réussit mal, ainsi qu'en fait foi ce dicton de nos paysans :

Janvier sec et frileux
Gèle la *merlesse* sur ses œufs.

ILS LANCENT A PLEIN GOSIER CE CHANT ALERTE ET MATINAL

Mais la *merlesse* ne se décourage pas et, si la ponte reste inféconde, elle recommence. Les merles construisent leur nid presque à ras de terre, dans des buissons ou au creux de quelque vieux saule étété et trapu. Ce nid est assez semblable à celui des grives : enduit d'une couche argileuse en dehors, tressé de brins d'herbes et de menues racines, et matelassé au dedans avec de la mousse. En huit jours, l'ouvrage est para-

chevé et la femelle y pond de quatre à six œufs d'un vert
bleuâtre, pointillé de taches couleur de rouille. Elle les couve
seule, tandis que le mâle voltige çà et là et siffle en quêtant des
vers de terre qu'il rapporte, coupés en morceaux, à sa couveuse. — C'est le menu des jours d'hiver et de printemps; mais
quand vient la saison des fruits, le merle se dédommage de
cette nourriture échauffante en s'abattant sur les cerisiers, où il

LE MERLE NOIR.

lait ripaille. Il est très friand de fruits mûrs et, comme le loriot
son compère, il a une prédilection pour les cerises. En septembre, dès que le raisin mûrit dans les vignes, il y fait de
copieuses vendanges. Le jus des grappes le met en joie et
développe encore sa gaieté expansive et son humeur de boute-
en-train.

Le merle est en effet d'un naturel très sociable, mais avec
cette particularité qu'il fréquente peu les merles ses confrères

et que sa sociabilité s'exerce surtout au profit d'oiseaux plus petits et d'espèce différente. J'ai observé souvent au Luxembourg, vers le soir, le manège des merles sur les grandes pelouses qui ont remplacé les massifs de la Pépinière. Chacun d'eux sautillait légèrement dans l'herbe, escorté de quatre ou cinq moineaux familiers, qui semblaient très fiers d'être reçus dans l'intimité du bel oiseau à robe noire. Celui-ci allait et venait, faisait cent tours et se complaisait à ébaubir ces petites gens qu'il daignait admettre à partager sa promenade. — Le merle est comme ces esprits vaniteux, tapageurs et vulgaires, qui préfèrent à la compagnie de leurs égaux celle de personnes qu'ils peuvent éblouir et dominer à peu de frais. Il aime à se donner en spectacle, à tenir le dé de la conversation, mais cela sans gêne, sans vergogne et pour ainsi dire les coudes sur la table. Il y a en lui du hâbleur et du cabotin. — Un chasseur, dont la véracité ne m'est pas suspecte, me contait à ce propos qu'un soir d'automne il avait été témoin d'une scène curieuse. Au bord d'une vigne, il avait aperçu un merle, ivre de raisin, en compagnie de cinq ou six grives. Le drôle, mis en bonne humeur par le raisin noir, s'était perché sur les échalas et donnait la comédie à ces joyeuses commères. Il dodelinait de la tête, battait des ailes, agitait la queue, avec des mines grotesques qui divertissaient grandement les spectatrices, placées à peu de distance et fort attentives.

L'histoire m'a paru d'autant plus vraisemblable que la familiarité des grives et des merles est un fait positif; on les prend souvent ensemble dans les mêmes pièges, et Pline, de son temps, en avait déjà fait la remarque : — *Merulæ et turdi amicæ sunt aves.*

Mais il n'est si bonne compagnie qui ne doive se séparer. Aux premiers froids, les grives émigrent, et le merle reste seul à grelotter dans les taillis déserts. C'est fini de rire et le comédien a perdu son public. Il y a bien encore les mésanges, mais ce sont des revêches personnes, tout affairées à quêter leur

nourriture et qui se soucient peu des amuseurs. Quant aux roitelets, ils se tiennent sur la réserve et dédaignent ces vulgaires
plaisanteries de table d'hôte. Isolé dans la grande forêt, le
merle se renforme en son par-dedans, et se répète à lui-même
ses grivoiseries, comme un vieil acteur oublié, qui joue encore pour lui tout seul les scènes où il était le plus applaudi
dans son beau temps

LE MARTIN-PÊCHEUR

(Alcedo ispida, L.)

Le martin-pêcheur, qu'on appelle dans le Midi *merle d'aigue*, et *vire-vent* sur les bords de la Loire, est, croit-on, le même oiseau que les poètes antiques ont si souvent chanté sous le nom d'*alcyon*. Suivant le mythe grec, Alkyoné, fille d'Éole, métamorphosée en martin-pêcheur, errait solitairement le long des rivages, redemandant avec des cris aigus son amant Ceïx, que Neptune avait fait mourir. Depuis longtemps cette vieille fable grecque dort oubliée dans les dictionnaires de mythologie; le martin-pêcheur a échangé son nom poétique contre un nom plus vulgaire et non moins expressif, mais il est resté morose et il a gardé son cri plaintif. — Pourquoi les oiseaux des rivages sont-ils presque toujours tristes? Le héron, le courlis, la bécassine, sont des mélancoliques; la bergeronnette *lavandière* elle-même, malgré son gentil sautillement, a, dans son éternel va-et-vient sur le gravier, la mine inquiète d'une âme en peine. Cette tristesse tient-elle à l'influence des milieux? Les grands étangs, bordés de saules échevelés où le vent soupire, les brumes des matins et des soirs, les sanglots des sources sous bois, portent l'homme à la mélancolie; ont-ils le même effet sur le système nerveux de l'oiseau? Je serais tenté de le croire. Toutefois, pour le martin-pêcheur, comme pour le héron, il y a une autre et plus prosaïque raison de cette disposition chagrine : c'est l'inquiétude du pain quotidien, l'anxieuse attente de la proie que ces oiseaux doivent guetter pendant des heures, à la même place. Quand on n'a rien dans le ventre et qu'il faut croquer le marmot jusqu'à ce qu'un poisson problématique vienne s'offrir à portée du bec, on n'es pas enclin à une gaieté folâtre. Ceux qui font ce métier-là en amateurs, et avec la certitude d'un bon souper au retour, finissent eux-mêmes par contracter, dans cette longue et im-

LE MARTIN-PÊCHEUR

mobile attente, une sorte de mélancolie nerveuse. Les pêcheurs à la ligne ont presque tous des prédispositions à l'hypochondrie.

Le martin-pêcheur, lui, passe ses jours à cette quête souvent décevante de la nourriture. Dès le matin, il file d'un vol rapide en rasant la surface de l'eau et va se percher sur une branche au-dessus du courant. Il y reste une heure, deux heures même, guettant le passage d'un *véron* qui se fait longtemps désirer. Si la place est mauvaise, il reprend sa volée, et,

poussant son cri aigu qu'on entend par-dessus le bouillonne-
ment des cascades, il vire et revire ainsi pendant des lieues, à
la recherche d'une proie incertaine. Le moyen d'être gai, avec
de pareilles préoccupations, surtout quand on est, comme lui,
doué d'un robuste appétit et d'un tube digestif qui rendrait
des points à celui du canard !

LE MARTIN-PÊCHEUR PASSE SES JOURS A CETTE QUÊTE DE LA NOURRITURE

Les beaux habits ne font pas le bonheur, sans quoi le martin
pêcheur n'aurait pas tant à se plaindre. La nature l'a habillé
des couleurs les plus rares et les plus éclatantes. Tout son dos
et le dessus de sa queue sont d'un vert lumineux qui, au soleil, a des chatoiements de pierres fines; les ailes, la tête et le
dessus du cou sont ponctués de taches plus claires, d'un ton
semblable à celui des turquoises qui ont verdi; la gorge et la
poitrine sont d'un rouge feu ardent. Malgré cette magnifique
livrée, le martin-pêcheur au repos manque absolument de

prestige. Bas sur pattes, ayant la queue trop courte, le corps épais, la tête trapue et un profil héronien, il ressemble à un rustaud qui aurait endossé un habit de cour. Mais, dès qu'il prend son vol, il semble transfiguré; il file comme une flèche de saphir entre l'eau et la verdure, et, quand il coupe brusquement le courant, on dirait d'une lueur d'arc-en-ciel qui passe.

Il niche au bord des ruisseaux et des rivières, dans des creux de racine ou des trous d'écrevisse, qu'il aménage à son gré. Il en maçonne et rétrécit l'ouverture, tapisse son nid rudimentaire de débris d'arêtes et d'écailles de poisson, et sur cette poussière dépose en avril six ou sept œufs d'un blanc d'ivoire. Ses noces durent peu : ceux qui peinent pour vivre n'ont guère le temps d'aimer. Toujours travaillé par le besoin, le martin-pêcheur a une vie brève. Quand l'hiver est rude et que les cours d'eau sont gelés, il lui faut battre longtemps les rivages avant de trouver une pitance et plus d'une fois il tombe mourant sur la rivière glacée. Sonnini rapporte que, pendant le long hiver de 1776, on trouva des martins-pêcheurs qui s'étaient hasardés jusqu'en plein Paris, en quête de trous pratiqués dans la glace dont la Seine était couverte.

Du moins, au temps des Grecs, l'alcyon était chanté pendant sa vie et vénéré même après sa mort. Les anciens le croyaient doué d'extraordinaires vertus. Il garantissait les gens de la foudre et faisait grossir les trésors; il donnait la beauté aux femmes, la paix à la maison, le calme à la mer. Aujourd'hui le martin-pêcheur est à peine l'objet de quelques vagues superstitions. Les paysans, le voyant ordinairement posé sur des branches mortes, disent qu'il fait sécher le bois sur lequel il s'arrête. Du temps de Buffon, comme on remarquait que le cadavre de cet oiseau est rarement attaqué par les vers, les ménagères lui attribuaient la vertu d'éloigner les mites, et le suspendaient au milieu de leurs vêtements de laine. — Lamentable destinée et triste décadence! Avoir baigné son aile d'azur dans les rayons du soleil, dans la limpidité des grandes eaux, et finir piteusement dans le fond d'une garde-robe! Tout se vulgarise et se rapetisse, même les superstitions. En perdant son doux nom d'alcyon, le malchanceux martin-pêcheur a perdu jusqu'à ce vague parfum de poésie qui s'attache et survit à la mort.

LE ROITELET

(Sylvia Regulus, Linn.)

Le roitelet est le plus petit de nos oiseaux d'Europe. Il est plus menu encore que son voisin le troglodyte, avec lequel on le confond souvent, bien qu'ils diffèrent de mœurs, de langage et d'habit. Le troglodyte, qu'on appelle en Lorraine le *petit-bœuf*, est plus long d'un pouce ; tout son plumage est ondé de brun foncé et de noirâtre, comme celui de la bécasse ; sa queue alerte est sans cesse retroussée en panache ; de plus il a un joli ramage, gai et mélodieux, tandis que le roitelet, sauf à l'époque de la couvée, ne possède qu'une note aigrelette et stridente, assez semblable à celle de la sauterelle. Mais si le roitelet ne brille point par son chant, en revanche il porte sur sa tête les insignes de la royauté. Son simple vêtement brun olivâtre est relevé par une belle huppe couleur aurore. Cette crête, aux plumes mobiles, se dresse ou s'abaisse à volonté par le jeu des muscles de la tête. Elle est bordée de noir. Une raie blanche à la base de la couronne et un trait noir de chaque côté de l'œil achèvent de donner au monarque en miniature une mine résolue et courageuse. Le roitelet est en effet plein de vivacité et d'énergie ; et pas un oiseau n'entreprend plus bravement que lui la lutte pour l'existence. Il faut le voir, l'été, par les jours chauds, l'hiver, par les plus grands froids, sautiller de l'arbre au buisson et du buisson au brin d'herbe égrenant les ombelles des fenouils, nettoyant les aiguilles de l'épicéa, fouillant les gerçures des saules pour y trouver des

ROITELET DÉFENDANT SON NID.

graines minuscules, des œufs de papillons ou des larves d'insectes. C'est un grand éplucheur de troncs d'arbres. Il s'attaque

C'EST L'ESPRIT FAMILIER DE LA GRANDE FORÊT.

de préférence aux arbres verts : pins, sapins, genévriers, qui cachent entre leurs aiguilles tout un petit monde d'œufs et de larves. C'est un maître échenilleur que ce petit roi. On a calculé qu'un roitelet peut consommer annuellement trois millions d'œufs et de larves. Il fait son métier en famille, avec ordre et méthode. Toute la troupe volète de cépée en cépée, dans une direction déterminée par un *sens* spécial de migration. Un ornithologiste très fin observateur, M. de la Blanchère, a dit dans son intéressant petit livre sur les *Oiseaux utiles et nuisibles*, qu'il savait parfaitement par quelle lisière les roitelets entreraient sous bois à l'automne, et dans quels cantons de la forêt il les rencontrerait successivement et immanquablement pendant l'hiver.

Ce tout petit oiselet affectionne les grands arbres : les pins sylvestres où le vent chante de si mélodieux airs, ou bien nos grands sapins des Vosges où le lichen pend en longues barbes dans les ramures. C'est là qu'il aime à se sentir bercé, avec toute la perspective de la forêt moutonnante au-dessus de lui. C'est là qu'il accroche son nid : — une merveille. — Figurez-vous une boule creuse, tissée délicatement avec des brins de mousse et des toiles d'araignée, capitonnée à l'intérieur du duvet le plus chaud et le plus moelleux : duvet de choix, glané dans les chatons des peupliers, parmi les aigrettes mûres des chardons et les semences cotonneuses des épilobes. Dans ce nid douillet où l'on ne pénètre que par un trou étroit, pratiqué sur l'un des côtés, la femelle pond de sept à onze œufs, pas plus gros que des pois. Il n'y a plus que les petites gens et les rois pour avoir de si nombreuses familles !

Le roitelet a tout à la fois dans son corps minuscule du sang royal et du sang plébéien. Par sa taille, ses habitudes laborieuses et sa bonne humeur, il appartient au menu peuple ; mais il porte couronne et règne à sa façon dans la forêt. C'est une royauté mystérieuse et insaisissable, analogue à celle de la reine Mab et du nain vert Obéron, mais elle n'en est pas

moins effective. En hiver, quand tous les oiseaux chanteurs
ont émigré, elle se manifeste partout sous la futaie. Le roitelet
va et vient, sautillant comme un feu-follet, dans les grands massifs endormis où seul il représente le mouvement et la vie. Sur
les buissons blancs de neige on voit tout à coup surgir sa jolie
huppe à crête aurore. Il est si délicat, si subtil qu'il passe à travers les broussailles les plus enchevêtrées ; il se moque du filet des
chasseurs et glisse à travers les mailles les plus étroites. Il se
pose sur la moindre brindille sans la faire plier, se cache tout
entier sous une feuille de ronce et court comme un lézard à
travers les ramilles des fagots que les bonnes femmes rappor-
tent le soir au village. Au lieu de l'engourdir, l'hiver enflamme
encore son sang vif et chaud. Il supporte vaill........des
froids de dix degrés. Quand les ruisseaux gelés font silence,
quand pas une herbe sèche ne bouge, pas un mulot ne remue, le
bûcheron, qui souffle dans ses doigts avant de reprendre sa
cognée, entend soudain un léger cri joyeux et voit filer entre
les branches effeuillées une mignonne apparition à l'auréole
d'or fauve... C'est l'esprit familier de la grande forêt, le roitelet qui se gausse de la bise et de la neige. En entendant la
voix stridente de ce brave échenilleur, le fendeur de bois se
sent moins seul. Ils échangent tous deux un salut, et le vieux
coupeur de chênes se remet plus courageusement à sa rude
besogne.

LA FAUVETTE A TÊTE NOIRE

(Sylvia atricapilla.)

La fauvette à tête noire est un de nos premiers chanteurs d'avril. Son nom seul évoque le souvenir des plus douces émotions printanières : — les premières pousses vertes des lilas, la mielleuse odeur des chatons du saule, les boutons roses des pêchers en fleurs et la sonnerie des cloches de Pâques. — Lorsque la leste et courte chanson de la fauvette égaye les noisetiers et les cerisiers du verger, les écoliers se disent : « Voilà l'hiver passé ! » Et mis soudain en humeur d'école buissonnière, ils s'en vont par bandes à travers bois, frétillant au soleil comme des lézards, cherchant des nids et se taillant des sifflets dans les branches de saules tout humides de sève. Pour mon compte, je n'ai jamais pu entendre le chant de la fauvette sans repenser à la série de rustiques plaisirs que ce refrain de bon augure annonçait à mon enfance turbulente. Souvent, il est vrai, cette première promesse du printemps était suivie d'amères déceptions, et nous étions leurrés, la fauvette et moi. « Il n'est, dit le proverbe, si joli mois d'avril qui n'ait son chapeau de grésil. » Bien des fois, après une précoce flambée de soleil, la gelée blanche amasse de gros nuages plombés dans le ciel, les giboulées se succèdent, mêlées de neige fondante ; adieu printemps ! Il faut voir alors les fauvettes trop tôt revenues voleter d'un air consterné, ébouriffant leurs plumes et poussant des cris de détresse. Les branches n'ont pas encore assez de feuilles pour qu'elles puissent s'y abriter; elles sont forcées de se rencogner dans un creux d'arbre ou un angle de mur, et elles se demandent avec angoisse si ce n'est pas l'hiver qui recommence. Heureusement les beaux jours se décident à revenir pour tout de bon, et les chansons éclatent dans tous les coins du jardin. Les fauvettes s'accouplent et le mâle se met à construire le nid

LA FAUVETTE.

conjugal. La fauvette à tête noire bâtit volontiers le sien dans les vergers voisins des habitations, au milieu d'un buisson de noisetier ou d'aubépine. Le nid est posé à la naissance des branches, à peine à trois pieds du sol. Il est composé à l'extérieur de mousse et d'herbes sèches, et à l'intérieur de crins finement tressés. Dès qu'il est achevé, la femelle y pond quatre ou cinq œufs d'un marron très clair, tachetés et marbrés de brun foncé. Les deux époux surveillent cette ponte avec une sollicitude ombrageuse ; souvent ils se relayent pour couver, et si, pendant une absence, une main indiscrète vient à toucher aux œufs, le père et la mère les abandonnent presque toujours. Je me souviens qu'étant écolier, j'avais découvert un de ces nids dans un vieux genévrier de notre jardin ; je ne pus résister à une fantaisie d'enfant ;

Cet âge est sans pitié....

et je dérobai l'un des jolis œufs ponctués de brun. Le lendemain, quand je revins guetter la couveuse, je trouvai les œufs brisés et le nid abandonné. — Sitôt que les petits sont éclos, le père et la mère montrent pour eux un attachement qui persiste pendant toute la saison. Ils retiennent auprès d'eux et guident jusqu'en automne les jeunes adolescents. On les voit voltiger en famille le long des lisières : le père va en éclaireur, et s'il aperçoit dans un buisson une abondante récolte de groseilles sauvages, de baies de sureau ou de bourdaine, il avertit sa maisonnée par un cri joyeux et toute la bande accourt pour faire ripaille.

La mue a lieu en août. C'est alors que les jeunes mâles prennent la toge virile, ou, pour parler plus exactement, c'est alors que leur tête commence à se couvrir de cette calotte de plumes noires qui est la marque distinctive de cette espèce de fauvette, et qui lui a valu en Allemagne le surnom de *mönch* (moine). A l'état adulte, ce capuchon noir couvre le derrière de la tête ainsi que le sommet, et retombe jusqu'aux yeux de l'oiseau ; le tour du cou est d'un gris ardoisé, plus clair à la gorge, s'éteignant sur la poitrine dans un blanc ombré de noirâtre ; le dos et les ailes sont d'un gris brun, lavé d'une faible teinte olivâtre. C'est aussi après la mue que les jeunes mâles se mettent à chanter. De tous les oiseaux de la famille, la fauvette à tête noire est celui qui a le chant le plus agréable et le plus soutenu. Il se compose d'une suite de modulations assez courtes, mais vives et fraîches ; quelques notes éclatantes se détachent nettement

12

de cette mélodie un peu voilée, puis le tout se fond de nouveau
dans un gazouillement discret. — C'est bien là le langage à la
fois vif et voilé des premières émotions printanières, le chant
de l'adolescence de l'année ! — quelque chose de tendre et
d'ardent, brusquement entrecoupé de soupirs à demi étouffés.
La romance n'est pas de longue haleine; elle est brève et
charmante comme les premiers beaux jours d'avril et comme
ces délicates couleurs roses de l'aube, qui ont un éclat si doux
et qui s'effacent si vite !

LA MÉSANGE BLEUE

(Parus cœruleus.)

Je ne puis songer à la petite mésange bleue sans me rappeler mes forêts du Barrois et certaines matinées de la fin de septembre, au temps où j'étais écolier. Le souvenir du léger frisson que me causait la fraîcheur glacée de ces premières matinées d'arrière-saison, me revient encore aujourd'hui avec une sensation délicieuse. Dès la prime aube, nous partions dans le brouillard, emportant dans notre carnier du pain de ménage et des noix. Nous foulions d'un pied joyeux les grosses mottes de terre rouge, recouvertes de toiles d'araignée où perlaient de mignonnes gouttes d'eau. Des buées blanches rampaient dans les fonds boisés, mais déjà on devinait à travers la brume, là-haut, un ciel pur où les alouettes commençaient à chanter. Je crois revoir les lisières du bois avec leurs fourrés de prunelliers, d'alisiers rougissants et de pommiers sauvages, à demi effeuillés, dont les pommes vertes faisaient ployer les branches grises. Nous entrions silencieusement dans le taillis qui exhalait une bonne odeur de mousse et de champignons, et où s'enfonçaient mystérieusement d'étroites *sentes* bordées de ces pièges que La Fontaine appelait des reginglettes et que nous nommons en Lorraine des *raquettes*. Il me semble entendre encore le bruit sec de la *sauterelle* se détendant soudain sous le poids d'un oisillon étourdi, et il me semble te revoir, pauvre

mésange bleue, pendue par les pattes à la ficelle de la perfide
raquette. Tu agitais convulsivement tes ailes azurées, tes
plumes se hérissaient sur ton poitrail d'un jaune verdâtre, et ta
petite tête d'un bleu noir zébré de blanc se soulevait avec des
cris de colère et de désespoir. — Depuis, je n'ai pu m'empêcher
de sourire tristement quand j'ai lu dans de gros livres d'histoire
naturelle que tu avais « une férocité innée, souvent couverte
sous le masque de l'hypocrisie » (J.-J. Virey, — Buffon, *Hist.*
nat. des Oiseaux). Ce n'est pourtant pas toi, mésange bleue, qui
as inventé cet hypocrite et atroce supplice de la roginglette!...

En dépit de ce qu'ont pu dire les collaborateurs de Buffon
et tous les ornithologues qui ont parlé du caractère har-
gneux et cruel de la mésange, il ne me semble pas plus
juste d'accuser la mésange bleue de férocité, que d'appeler la
digitale pourprée empoisonneuse. En usant de ses ongles
forts comme de petites serres, et de son bec dur comme une
pointe de diamant, elle ne fait qu'obéir à cette loi générale
que Darwin a formulée : — la lutte pour l'existence. — Mignonne, délicate, pesant une once à peine, perdue dans la
grande forêt peuplée d'ennemis, la mésange bleue se trouve
dans la triste alternative de manger ou d'être mangée, et elle
s'arrange de son mieux pour l'être le plus tard possible. Notez
qu'elle a une nombreuse famille à nourrir. La femelle pond au
mois d'avril de huit à dix-sept petits œufs blancs, qu'elle dépose
dans un trou de mur ou un creux d'arbre, quelquefois dans le
gîte abandonné d'un écureuil. Elle ouate soigneusement ce nid
de hasard d'une moelleuse doublure de duvet, et, sitôt la couvée
éclose, le frêle oiseau montre, pour repaître et défendre les
siens, une vaillance et une force de volonté admirables. Il faut
voir les mésanges voltiger de branche en branche, avec un gazouillement joyeux, en quête de graines ou de chrysalides.
Infatigables, elles grimpent le long des troncs d'arbres, s'accrochant aux plus minces brindilles, la tête en bas, afin de
mieux fouiller les fentes de l'écorce et de découvrir autour des

branches, ces bracelets d'œufs que les papillons y déposent

NID DE MÉSANGE.

D'un coup de bec, elles fendent les graines les plus dures, les

faînes, les noisettes et même parfois le crâne des oiseaux leurs
ennemis. La mésange bleue surtout est intrépide, quand il
s'agit de protéger son nid. Sans hésiter, elle court sus à la
chouette; gonflant son poitrail emplumé, poussant un strident
cri de guerre, elle s'élance hardiment à la tête de la rôdeuse,
cherche à lui crever les yeux, la griffe jusqu'au sang, et, en
somme, bien souvent l'oblige à battre en retraite.

MÉSANGES.

Au lieu de calomnier la mésange bleue, l'homme devrait la
bénir, car elle lui rend des services inappréciables. Jugez plutôt : — Elle mange par jour environ 15 grammes d'œufs de
papillons, ce qui donne une moyenne de 20 000 chenilles. On
a calculé que sa nourriture annuelle représente six millions
d'œufs ou une quantité équivalente en pucerons et en chenilles.
Chaque couple a une portée de dix à seize petits, dont l'entre-

tien exige au moins la moitié de la nourriture des parents;
voilà donc une seule famille qui fait une consommation annuelle
de 24 millions d'insectes. (H. de la Blanchère, *Oiseaux utiles et
nuisibles*.) — En récompense de ces services signalés, lorsque
en automne les mésanges quittent les grands bois des mon-
tagnes pour descendre dans les taillis et les vergers des plaines,
l'homme tend ses raquettes, prépare ses gluaux, prend par
milliers ces utiles écheuilleuses, et, par un surcroît, il va cla-

MÉSANGE CHARBONNIÈRE.

baudant partout que la mésange a un caractère « foncièrement
méchant ».

Pauvre petite mésange bleue ! j'ai moi-même sur la conscience de t'avoir tendu jadis de ces hypocrites traquenards, qui
brisent tes pattes menues et te font mourir dans une terrible
agonie. Aujourd'hui, je te fais amende honorable à ma façon,
et lorsque, en septembre mes flâneries me ramènent sous bois
dans une de ces *tendues* meurtrières, je détends sournoisement
avec une chiquenaude ces maudites *sauterelles* sur lesquelles

on t'invite traîtreusement à te poser. Autant de raquettes devenues inoffensives, autant d'oisillons sauvés de la brochette, de la *coquelle* de fonte où les ménagères les font rôtir avec des lardons et des feuilles de vigne.

LE LORIOT

(Oriolus galbula, L.)

Rien qu'à voir le loriot, on juge tout de suite qu'on a affaire à un gourmand. Le bec de couleur purpurine, long, fort et largement fendu, se recourbe voluptueusement à l'extrémité supérieure; la partie inférieure, un peu rentrée et en retrait, donne à l'ensemble de cet organe l'expression des lèvres d'un connaisseur en train de déguster un vin fin. Les narines bien ouvertes indiquent un flair exercé; l'œil gros et rond, rouge comme une guigne, est mouillé d'une humide lueur de sensualité et de convoitise. Une petite moustache noire entre l'œil et l'ouverture du bec achève d'accentuer cette physionomie d'épicurien. Le reste du corps, svelte et bien découplé, est (chez le mâle du moins) d'un beau jaune vif, à l'exception des ailes qui sont noires et de la queue, mi-partie noire et jaune.

Le loriot, en oiseau qui aime ses aises, passe toute sa saison d'hiver dans les pays chauds. On dirait que c'est le soleil ardent de Malte ou de l'Égypte qui a doré son plumage. Il ne revient chez nous qu'en mai, et les Allemands l'ont surnommé pour cette raison l'oiseau de la Pentecôte, *Pfingstvogel*. On prétend que, du fond de la vallée du Nil, il flaire dans le vent l'odeur des cerises mûres d'Europe. La vérité est qu'il arrive dans nos bois un peu avant la maturité de ce fruit, qui n'est complètement à point que vers la mi-juin; — mais c'est le jus de

cerise qui sembla lui assouplir le gosier et le mettre en voix. Son
chant n'a tout son éclat que lorsque les merises sont vermeilles.
Ce chant, composé au plus de trois phrases très courtes, a une
sonorité et un velouté exquis. On ne peut mieux le comparer
qu'aux sons d'une flûte d'or. C'est une mélodie pleine et pure,
liée par un grasseyement imprégné de sensualité. Les paysans
de l'Anjou, dont ce mangeur de guignes dévaste les vergers,
assurent qu'il dit dans sa chanson :

> Je suis le compère loriot,
> Je mange les cerises et laisse les noyaux.

Bien que d'ordinaire la gourmandise pousse à la sociabilité,
le loriot est loin d'avoir la familiarité joviale du merle, son parent. Il est d'un naturel défiant et d'une approche difficile. Ce
n'est qu'avec de grandes précautions et en usant de ruse qu'on
parvient à l'entrevoir sous les futaies de hêtres et à observer
ses mœurs domestiques. L'un des détails les plus intéressants
de la vie intime de cet oiseau est l'originale construction de son
nid. Le loriot le place à la fourche des hautes branches, dans
les massifs les moins fréquentés. De longs fils de laine, des
brins de lacet, des filaments de chanvre, ramassés par les che-
mins, servent à la structure extérieure du nid qui se trouve
suspendu comme un hamac entre deux branches auxquelles il
est relié par de souples et solides ligatures. A l'intérieur, ce
berceau aérien est douillettement matelassé d'herbe et de toiles
d'araignée.

C'est la femelle qui a tout le travail de la nidification; c'est
elle qui tisse les cordelettes du hamac et tapisse soigneusement
le fond du nid. Le mâle, perché sur une branche voisine, la
regarde faire et se borne à donner des conseils. Dès que la bar-
celonnette se balance mollement au moindre vent qui passe
à travers la ramée, la dame du logis y dépose de trois à cinq
œufs, dont la coquille grise est fouettée de petites taches brunes,

qui ressemblent à des éclaboussures de jus de bigarreaux noirs. La femelle, dont la robe paraît terne à côté de celle de

NID DE LORIOT.

son mari, et qui n'a pour tout ramage qu'un cri rauque et étranglé, rachète ces désavantages physiques par son industrie et son dévouement. Elle couva seule les œufs. Quant au mâle, il se borne à picorer des cerises et à chanter d'une voix claire aux abords du nid.

Ce loriot mâle, égoïste et gourmand, trop beau pour rien faire et qui se borne à montrer son bel habit jaune, à lancer des vocalises et à se gargariser de jus de guignes, tandis que sa femelle s'épuise à la dure besogne du ménage, me fait toujours penser à *M. Turveydrop*, ce personnage de Dickens, dans *Bleak-House*, qui est si remarquable par sa « magnifique tenue », et qui vit aux dépens de son fils, le pauvre petit professeur de danse. — Tandis que le compère loriot lisse ses plumes et donne de la voix, l'humble ménagère ne quitte pas le nid. « Lorsque les petits sont éclos, dit Buffon, non-seulement elle leur continue ses soins affectionnés pendant longtemps, mais elle les défend contre leurs ennemis et même contre l'homme, avec plus d'intrépidité qu'on n'en attendrait d'un si petit oiseau. »

Vers la mi-août, les petits sont déjà forts et il n'y a plus de cerises aux arbres. « Nous n'avons plus rien à faire ici, » dit le père. Et sans trop s'inquiéter si sa famille le suit, — grassouillet et bien portant, — il repasse la mer et va déguster des figues de Barbarie, en attendant qu'un nouveau printemps ramène la saison des cerises.

LA FAUVETTE DES ROSEAUX

(Sylvia arundinacea.)

Il y a plusieurs variétés de *fauvettes des roseaux*; elles se distinguent les unes des autres par leur façon de vivre et aussi par les tons plus ou moins foncés de leur plumage d'un gris jaunâtre.

La *rousserolle turdoïde* habite de préférence les marais et les rives boisées; l'*effarvatte* se plaît dans les jardins ou les jonchaies qui avoisinent les eaux courantes; la *verderolle* niche sur les branches basses des saules dans les chènevières humides et même parmi les seigles verts.

Toutes ont certains traits communs : la tête déprimée comme celle de l'hirondelle, le bec fort, et l'ongle du pouce grand, robuste, développé par la nécessité de s'accrocher solidement aux brins flexibles des joncs, aux quenouilles glissantes des *masselles*.

Toutes se nourrissent exclusivement des insectes qui abondent dans le voisinage des eaux, et ont le même chant aux notes stridentes et cuivrées.

La fauvette des roseaux arrive dans le centre et le nord de la France vers la mi-avril ; elle en repart à la fin d'août. Son nid profond, artistement construit, tressé à l'intérieur et à l'extérieur avec des herbes sèches et souples, est le plus souvent suspendu à deux ou trois tiges nouées par autant d'anneaux de

mousse ou de crin. Ces boucles mobiles sont assez lâches pour
que le nid puisse s'élever ou s'abaisser suivant la hauteur de
l'eau. Cependant, comme les anneaux ne peuvent glisser qu'entre
les deux nœuds de chaque roseau, il arrive parfois que cette
précaution est inutile et que, dans les grandes crues, le courant
submerge le nid et la nichée.

Lorsque le bord de la rivière est dépourvu de roseaux et de
joncs, notre fauvette se rabat sur les buissons les plus voisins.
Je me souviens d'avoir entendu tout un printemps, au bord
de l'Ornain, une rousserolle qui s'était logée au beau milieu
de la ville, dans les suroaux d'une terrasse surplombant au-
dessus de la rivière.

Dans ce logis qui se balance mollement à la moindre brise
la femelle pond cinq œufs d'un blanc crème, marbré de brun.
Sitôt les œufs pondus, elle ne quitte plus le nid et s'y laisse
bercer par le remous de l'eau, tandis que le mâle, accroché
à une tige de jonc, répète tout le jour en pleine lumière sa
chanson réveillante et joyeuse, dont les notes pressées, éclatantes, peu variées, se succèdent presque sans une pause ! —
cri cri, cra cra, cara, cara !...

Le soleil tombe d'aplomb, l'eau à travers les herbes a d'é-
blouissants miroitements d'argent fondu, l'air brûlant semble
flamboyer, et ce chant monotone, infatigable, s'harmonise avec
les scintillements de la rivière, le bourdonnement des insectes
et le tremblotement de l'air chaud. C'est un bavardage continu,
strident comme la parole d'une ménagère affairée qui va et vient
à travers sa maison, donnant des ordres à voix haute, gour-
mandant les servantes et ne cessant jamais de tracasser. Aussi,
en Brie, on dit d'une femme babillarde qu'*elle jase comme une
effarvatte.*

Tout en jasant, notre fauvette ne reste pas oisive. Sur la
pointe des roseaux, le long des panaches rouges des salicaires
et des aigrettes odorantes de la reine des prés, parmi les ombelles roses des *joncs fleuris* et les fleurs des nénuphars, tout

FAUVETTE DES ROSEAUX.

un peuple d'insectes ailés voltige en quête du pain quotidien!
Les élytres des coléoptères minuscules scintillent au soleil, les
moucherons tourbillonnent comme de transparentes nuées;
les libellules vertes, bleues, mordorées, étendant horizontale-
ment leurs ailes de gaze, passent, repassent, se posant un moment sur les feuilles humides, et semblent, dans leur va-et-vient
léger, les danseuses d'un ballet aérien. Tout d'un coup la rousserolle s'élance, happe au vol une mouche verte, une coccinelle
ou une demoiselle frissonnante, puis reprend son étourdis-
sante chanson

.C'est un maître oiseau que cette allègre fauvette; elle a
toutes les vertus domestiques de la ménagère, mais elle en a
aussi les défauts : positive, exclusive, dominatrice, elle veut
avant tout être maîtresse chez elle, et ne souffre pas que d'autres
oiseaux viennent s'établir dans le cantonnement qu'elle a choisi.
Elle a l'amour de la propriété poussé jusqu'à la tyrannie. Elle
et les siens d'abord, et que le reste du monde s'arrange comme
il pourra!

Si des couples étrangers sont assez hardis pour s'installer
dans son voisinage, elle les chasse impitoyablement à coups
de griffe et à coups de bec. Dehors les fâcheux! Le canton lui
appartient et elle le leur fait bien voir. Elle est aussi intolé-
rante sur ce point et aussi hargneuse qu'un pêcheur à la ligne
pour défendre la place où il a amorcé le poisson et tendu ses
engins. Elle en demeure le propriétaire sans conteste jusqu'aux
premiers jours de septembre.

A cette époque les petits sont grands, les nuits deviennent
fraîches, on plie bagage et on part en famille pour chercher
des rivages plus ensoleillés.

Au demeurant, c'est un bon oiseau que cette rousserolle. Elle
jette dans les longs jours une note gaie à travers le paysage
souvent mélancolique des étangs solitaires. Sa chanson d'une
mélodie un peu commune a l'entrain et la vivacité délurée de
la gaieté populaire. Malgré ses modulations triviales et peu

variées, elle est originale; qui l'a une fois entendue, ne l'oublie plus. Elle se mêle à l'impression produite par les belles matinées d'été dans les prés en fleur, comme le refrain tapageur d'un paysan attardé se mêle au souvenir attendri d'une poétique nuit de mai.

HIRONDELLES DE FENÊTRES.

L'HIRONDELLE

(Hirundo rustica, — urbica, L.)

Deux espèces d'hirondelles nous sont surtout familières : l'hirondelle de *cheminée* et l'hirondelle de *fenêtre*. Toutes deux ont la tête aplatie, le bec bien fendu, l'œil vif et noir, l'aile alerte et la queue fourchue; mais la première se distingue par la nuance aurore de la gorge, du front et du dessous du corps, tandis que la seconde a le croupion, le ventre et la gorge d'un beau blanc. Chez l'une et l'autre espèce, le dessus de la tête, le dos, les pennes de la queue sont d'un noir lustré à reflets bleus.

La première, comme son nom l'indique, niche dans les cheminées et jusque dans l'intérieur des maisons. C'est une *rurale*, et tous ceux qui ont vécu à la campagne la connaissent bien; ils ont été souvent réveillés à l'aube par son léger gazouillement qui descend jusque dans la chambre à coucher par l'ouverture de l'âtre sonore. Les paysans l'aiment et lui font accueil comme à un hôte dont le voisinage porte bonheur. On se garde de la troubler dans son installation, et tel campagnard à la main lourde, qui bat sa femme sans vergogne, se ferait scrupule de molester l'hirondelle qui niche dans sa maison. C'est un oiseau sacré. L'imagination populaire, qui n'est jamais à court de légendes, en a trouvé une fort jolie pour expliquer ce culte superstitieux voué à l'hirondelle : « Un jour que les Juifs cher-

chaient Jésus pour le traîner devant Caïphe, le Christ qui dormait dans la campagne fut sur le point d'être surpris; mais les
hirondelles accourues en grand nombre l'éveillèrent par leurs
cris, et leur vol tourbillonnant déroba le Seigneur à la vue des
Pharisiens. Jésus étendit la main vers la troupe ailée; depuis ce
temps, l'hirondelle est un oiseau béni, et les faveurs d'en haut
se répandent sur ceux qu'elle aime. »

Un autre motif de l'accueil fait aux hirondelles, c'est que leur

HIRONDELLE DE FENÊTRE.

venue annonce la clôture de l'hiver. Quand elles apparaissent,
les chatons des saules jaunissent au long des ruisseaux, les pêchers roses ouvrent leurs fleurs aux pentes des vignobles; les
jours de neige et de pluie semblent déjà reculer très loin, et le
paysan, las du coin du feu, se sent tout gaillard, quand il voit
les premières voyageuses déboucher du fond de la vallée et sa-
luer de cris joyeux l'ancien nid retrouvé.

Elles arrivent d'abord timidement; le gros de la troupe en
envoie comme avant-garde une vingtaine pour préparer les lo-

HIRONDELLES DE CHEMINÉES.

gements. « Une hirondelle ne fait pas le printemps, » dit le
proverbe, et la saison n'est pas encore tout à fait sûre. Parfois,
tandis qu'elles vont et viennent, un peu inquiètes, des flocons
de neige s'éparpillent sur leurs robes noires. Mais ces derniers
retours d'hiver ne tiennent pas; le soleil devient plus chaud

LE CIEL DEVIENT TOUT VIBRANT D'AILES AGITÉES.

les jours s'allongent, les arbres ont toutes leurs feuilles et,
des quatre coins de l'horizon, le reste de la bande accourt au
gîte.

Le ciel, qui tout à l'heure semblait désert, devient tout vibrant
d'ailes agitées, tout résonnant de cris aigus. On revisite les
nids de l'an passé, on répare ceux que les gros temps ont en-

dommagés, on en bâtit de nouveaux, et les amours aériennes recommencent.

Moins familière que l'hirondelle rustique, l'hirondelle de fenêtre revient à peu près à la même époque. C'est une citadine. Elle a des façons plus réservées et des goûts plus mondains. Aux tuyaux obscurs des cheminées campagnardes, aux greniers des granges ouverts aux quatre vents, elle préfère les corniches des hautes maisons bourgeoises, les angles des fenêtres, d'où l'on domine le brouhaha de la rue. A part cette différence dans le choix de l'habitation, elle a les mêmes mœurs que ses sœurs de la campagne. Elle bâtit son nid avec les mêmes matériaux.

Chacun connaît ce nid maçonné de terre gâchée avec de la paille et du crin, garni à l'intérieur d'un douillet lit de plumes. Les hirondelles y font deux pontes par saison : la première de cinq œufs, la seconde de trois. Les œufs sont blancs, un peu tachetés au gros bout. Dès que les petits sont éclos, le père et la mère prennent l'essor pour nourrir la nichée. Alors commencent ces courses rapides qui durent tout le jour et animent d'une vie particulière les rues des petites villes. Ailes étendues et bec ouvert, les hirondelles filent silencieuses, tantôt très haut dans le ciel, tantôt à ras du sol ou à fleur d'eau, suivant que l'air est sec ou pluvieux. C'est merveille de les voir monter, virer, redescendre, happer les mouches au vol, friser les arbres, effleurer le courant, puis soudain d'un brusque tour de queue revenir au nid qu'elles touchent à peine et où de petits cris les accueillent au passage.

Cette danse aérienne dure ainsi tout l'été. L'air est leur élément. Elles ne se reposent guère que la nuit, ou parfois le matin, rangées en chapelet le long d'une corniche, pour gazouiller entre elles pendant que le soleil se lève. En septembre, les petits déjà forts savent voler comme père et mère. Les brumes plus fraîches s'élèvent du creux des vallées, les fils de la Vierge flottent çà et là, et les hirondelles se disent que le temps est venu

LE DÉPART DES HIRONDELLES.

de changer de climat. Tous les jours elles s'assemblent au faîte des toits, tiennent de longs conciliabules, portent des messages, hâtent les traînardes; puis un matin, quand on s'éveille, on est tout étonné du silence subit de la rue, la veille encore pleine de cris et de battements d'ailes. Il semble qu'il y a comme une tristesse dans l'air. Les hirondelles sont parties et l'hiver va venir.

LE ROUGE-GORGE

(Sylvia rubecula.)

Tiritt! Tirititt!... Voici le rouge-gorge qui revient avec le
printemps. Il s'arrête un moment dans les vergers qui entourent
les hameaux de leurs bouquets d'arbres en fleurs, et il y fait an-
tichambre en attendant que la forêt soit tout à fait feuillue ; mais
dès que hêtres et chênes ont ouvert leurs bourgeons, il se hâte
de rentrer sous bois. Amoureux de l'ombre et de la solitude, il
choisit un massif aux profondes ramures, non loin d'une source
murmurante, et il s'y cantonne avec sa femelle. Le rouge-gorge
est le modèle des maris. Les distractions du dehors sont pour
lui sans charme, et il ne trouve de joie que dans le *home* conjugal.

« La douce société de sa femelle, dit Buffon, non seulement le remplit tout entier, mais semble lui rendre importune
toute autre compagnie ; il poursuit avec vivacité tous les oiseaux
de son espèce et les éloigne du petit canton qu'il s'est
choisi ; jamais le même buisson ne logea deux paires de ces
oiseaux. »

Une fois la place du nid marquée, à quelques pouces de terre,
au milieu d'une cépée ou parmi de hautes herbes, le rouge-
gorge procède à l'édification de sa maison. Le nid est fait de
mousse entremêlée de crin et de feuilles de chêne, avec un
douillet lit de plumes au dedans. Souvent même notre oisillon,

qui aime à être chez lui, élève au-dessus une sorte de toiture de feuilles sèches, et ne laisse sous cet amas qu'une ouverture oblique, étroite, qu'il bouche encore d'une feuille en sortant.

Dans cette retraite bien close, la femelle pond de cinq à sept œufs blanchâtres, ponctués de taches rousses. Tant que les petits ne sont pas éclos, elle reste seule sur le nid; pendant ce temps le rouge-gorge mâle rôde aux entours, en quête de vermisseaux. Il volète de feuille en feuille, comme un papillon. Dans le demi-

JOUCOU ATTAQUANT UN NID DE ROUGE-GORGE.

jour verdissant des ramées on voit briller ses deux yeux noirs, palpiter ses ailes brunes, et se gonfler son poitrail d'un beau roux orangé pareil comme ton à la couleur des fruits mûrs du sorbier.

Quand il a approvisionné la maison en bon père de famille, le rouge-gorge se perche non loin de sa couveuse et se met à gazouiller. Sa voix déliée, délicate, légère comme le murmure d'une source, monte tendrement sous la feuillée. Sa chanson est parfois entrecoupée de quelques notes vives, pareilles à des sou-

C'EST LE ROUGE-GORGE, OUVREZ-LUI.

pire, mais le plus souvent elle est voilée et câline comme une
caresse. Il chante depuis la prime aube jusqu'aux dernières
lueurs du crépuscule ; parfois même la nuit est déjà venue qu'on
entend encore résonner sa sérénade. Le rouge-gorge est le premier levé et le dernier couché des oiseaux chanteurs. Dès le fin
matin, il va se baigner et boire à la source voisine, puis, ses
ablutions faites, il songe à son déjeuner et à celui de sa famille.

LA NUIT EST VENUE QU'ON ENTEND ENCORE RÉSONNER SA SÉRÉNADE.

Au printemps et en été, le menu se compose surtout de vers,
de mouches et de papillons minuscules ; mais à mesure que l'automne approche, la nourriture devient plus variée et plus
rafraîchissante. Le rouge-gorge trouve partout la table mise :
cornouilles, alises, baies de sorbier, mûres de ronces, tout lui
est bon. On prétend même qu'il ne dédaigne pas le raisin, et
on l'accuse de se sustenter aux dépens de la vendange —
Grisé par tous ces fruits juteux et capiteux, il chante de plus
belle, devient familier et va donner étourdiment dans les pièges
tendus par l'engeance des preneurs d'oiseaux.

En Angleterre du moins cette aimable familiarité ne lui est pas fatale. Le peuple anglais a pour cet oiseau un culte tendrement superstitieux. Le rouge-gorge, *Robin redbreast*, est populaire chez nos voisins; il est le héros de maintes légendes, on l'aime et on le respecte, comme chez nous l'hirondelle.

— Un jour, je me trouvais en Touraine, à table d'hôte, en compagnie d'une nombreuse famille anglaise, et la conversation vint à tomber sur le rouge-gorge. Après m'avoir conté combien on l'aimait de l'autre côté du détroit, une des misses me demanda :

« Et chez vous, en France, comment le traite-t-on?

— Chez nous, répondis-je un peu confus, on prend les rouges-gorges au trébuchet, on les plume et on les mange rôtis à la brochette... »

Je vois encore les regards indignés et la stupéfaction de toute la famille; les grands parents hochaient la tête d'un air scandalisé, et les jeunes sœurs se répétaient les unes aux autres :

« *They kill the Robins!... O shame!* (Ils tuent les rouges-gorges. Fi!...) »

Le fait est que de tout temps nous avons été impitoyablement cruels envers ce charmant oiseau. Le vieux naturaliste Belon remarque que, déjà au XVIᵉ siècle, les paysans lorrains apportaient au marché des chapelets de rouges-gorges enfilés par douzaines, et pris au lacet autour des mares où ils venaient boire. Malgré ce traitement barbare, le rouge-gorge aime nos grandes forêts de l'Est. Il a peine à s'en éloigner, même lorsque les feuilles tombantes annoncent l'heure de l'émigration. Souvent il s'y oublie et se laisse surprendre par les premières gelées. Alors il se décide à hiverner chez nous, et devient plus familier encore. Il va se chauffer aux feux des bûcherons, et, quand la neige tombe, parfois aux vitres du village on entend résonner des coups de bec, avec un trémoussement d'ailes, et de petits cris : « Tiritt! Tiritt! »

C'est le rouge-gorge. Ouvrez-lui ; il deviendra votre hôte tout l'hiver et il payera votre hospitalité en chansons. Faites place au feu et à la table à ce gai chanteur, mais surtout, quand le printemps reviendra, rouvrez-lui la fenêtre, et laissez-lui reprendre son vol vers les bois.

LE HÊTRE

(*Fagus sylvatica*-Amentacées

Allons nous reposer sous le hêtre; ses branches pendantes où frissonnent encore quelques feuilles roussies par les premières gelées, nous abriteront contre le vent; les germandrées et les mousses nous feront un siège moelleux; et, tandis que dans la ramure mésanges et rouges-gorges soupireront leur chant d'arrière-saison, je vous conterai l'histoire du hêtre, depuis l'heure où il est sorti, germe frêle, de la graine enfouie sous les feuilles mortes, jusqu'au jour où il tombe, robuste et verdoyant, sous la cognée des bûcherons.

Le hêtre, qu'on nomme aussi *fau*, *fayard* ou *fays*, selon les provinces, est, avec le chêne, le roi de nos arbres forestiers. Il se plaît sur les pentes soleillées, dans les fonds d'argile frais, mêlés de terre végétale, de sable ou de pierrailles. Comme son pivot est moins long que celui du chêne, et comme il est pourvu d'une grande quantité de racines latérales, il trouve facilement sa nourriture dans les couches supérieures du terrain. Vers le mois d'avril, la graine pousse hors de terre deux cotylédons ou lobes d'un vert brillant en dessus, blanchâtre en dessous; au milieu s'élève la tige embryonnaire qui doit devenir un arbre puissant. Pendant des années, le hêtre croît dans l'ombre, obscurément confondu avec les menues plantes des bois qui ne durent qu'une saison. Les primevères, les campanules, les

anémones sylvies le traitent d'égal à égal, et les daphnés roses,
les fougères, les chèvrefeuilles sauvages le regardent d'un air
de protection. Mais patience ! attendez quinze ou seize retours
de printemps, et vous verrez le jeune brin grandir sous la
voûte profonde de la futaie. Le voilà déjà un adolescent à la
taille svelte et bien prise dans sa tunique d'écorce verte; encore
quelque huit ou dix ans, et il entre dans sa première jeunesse.
Depuis longtemps les primevères et les anémones de son premier âge ont terminé leur brève existence ; depuis longtemps
les chèvrefeuilles et les fougères ont disparu sous l'outil des
écobueurs. Lui, le voilà devenu un *baliveau*. Il a trente ans ;
son tronc robuste, d'un gris argenté, monte droit comme un
lis ; ses branches souples et flexibles encore balancent avec
grâce leur feuillée abondante. Voici l'heure des premières flo-
raisons. Sur le même arbre, fleurs mâles et fleurs femelles
éclosent ensemble : les chatons globuleux des premières
s'épanouissent en avril et leur poussière dorée va féconder
der les pistils d'un vert rougeâtre, réunis deux à deux, à
l'extrémité des branches. A partir de ce moment le hêtre
est dans la plénitude de la vie. A cinquante ans il est
formé, à soixante il est déjà superbe. Son tronc, lisse et blanc,
étend au loin ses racines vigoureuses. Ses magnifiques branches
étalées couvrent de leur feuillage épais une large circonférence. Sous son ombre, en été, les papillons des bois, les mars
et les sylvains, font chatoyer leurs ailes irisées ou nacrées;
dans sa cime que le vent berce, le loriot siffle gaiement et l'écureuil fait son nid.

Il faut voir surtout le hêtre à l'automne, quand ses feuilles
prennent déjà de belles teintes d'un roux violet et quand ses
branches pendent, chargées de fruits à la capsule rougeâtre et
rugueuse. Vers la fin de septembre, les *faînes* s'en échappent
deux à deux avec un petit bruit sec, et leurs graines brunes
triangulaires, jonchent le sol tout autour. Alors la futaie est en
rumeur ; femmes, enfants, vieillards accourent des villages

LES HÊTRES.

voisins pour récolter la faîne. On étend sous chaque arbre de grands draps blancs, on secoue les branches à coups de gaule, et les graines anguleuses tombent comme une pluie.

L'amande de la faîne est très savoureuse. Les loirs, les écureuils et les sangliers en sont friands; les porcs s'en nourrissent. Nos paysans en font de l'huile. On décortique la faîne, on enferme les amandes dans des sacs de toile neuve et on les soumet à de lentes pressions sous la meule. Cette huile extraite à froid vaut presque l'huile d'olive; elle a l'avantage de se conserver pendant dix ans sans perdre de sa qualité. Elle sert à confectionner des fritures fines, dorées et affriolantes; essayez-en, et, comme dit Brillat-Savarin, vous verrez merveille!...

Le hêtre donne tous les trois ans environ une abondante récolte de fruits. A mesure qu'il prend des années, sa ramure devient de plus en plus superbe, sa frondaison de plus en plus épaisse. De cinquante à cent vingt ans il atteint jusqu'à 100 pieds de hauteur, dont 60 de fût. Son tronc acquiert une dimension considérable. Dans les bois de Clermont-en-Argonne on montrait naguère un hêtre dont la circonférence était de 10 mètres, et, dans une forêt du Verdunois, à Rambluzin, je me souviens d'en avoir rencontré un que quatre personnes réunies pouvaient à peine embrasser. Le hêtre peut vivre trois siècles, mais il est rare que nos exigences lui permettent d'arriver à cette vieillesse de patriarche. Un jour, dans la forêt, on entend une clameur retentissante : c'est le hêtre qui agonise sous la hache des bûcherons.

Voilà le grand arbre couché dans l'herbe, mais il ne meurt pas tout entier. Même quand sa sève est tarie, quand sa verdure est à jamais séchée, il revit encore sous mille formes. On le retrouve partout : dans les menus détails de la vie domestique, dans l'industrie, dans les arts et jusque dans le fracas des batailles. Il devient la sébile du mendiant, la seille de la ménagère, la rame du marinier, la monture du fusil et même l'affût du canon. Avec son bois le paysan fabrique ses sabots, sa pelle, le soutire de sa charrue ou les jantes des roues de sa voiture. Et moi-même, en ce moment où j'écris son histoire, c'est à lui que je dois cette flamme pure, légère et réchauffante que dardent les bûches empilées sur mes chenets. Cette claire flamme, en pleine soirée d'hiver, me fait croire au soleil et me fait repenser à la saison d'été où, parmi les germandrées et les mousses, je me reposais sous le hêtre.

FIN

TABLE DES MATIÈRES

FIN DE LA TABLE DES MATIÈRES

970-11. — Coulommiers. Imp. PAUL BRODARD. — P7-11. (É. et P. 4ᵉ s.).

www.ingramcontent.com/pod-product-compliance
Lightning Source LLC
Chambersburg PA
CBHW050355030726
47503CB00006B/1866